JN200568

みやざきエッセイスト・クラブ
作品集22

# 見果てぬ夢

# はじめに

みやざきエッセイスト・クラブ会長　谷口二郎

大学の同級生の奥様から電話があった。突然の電話なので、何の用件なのだろう？　そういえば十年以上前に、ダンロップゴルフトーナメントに出場するタイガー・ウッズがどうしても見たいと遊びに来たことがある。その時も突然電話があり、せっかく宮崎に来たのだから、ちょこっとだけでも会いたいということで、わざわざ当クリニックに来られ、久しぶりの再会をした。

多分そのような用事の電話だと思い、受話器を取った。すると「主人が先月亡くなりました。どうしても主人が先生（私）のことを気にしていたのでお電話したのです」。

三、四年前東京で行われた同窓会では、奥様も同伴で元気そうにしていた。どこも悪そうに見えなかったのに……。しかし何故彼は私のことを気にかけてくれていたのだろう。家族付き合いをしていた訳でもない。年に一回の年賀状のやりとりをしていたくらいである。それなのに何故わざわざ？　すると奥様からこう言われた。「先生の書かれたエッセイの中に

『最後の日』というのがあり、そこに主人のことが書いてあり、その文章がとても気に入ったのです。亡くなった後も仏壇の前に置いてあります。主人もそういうことで、もしも自分の身に何かあったら先生の方に電話してくれと頼まれていたのです」と仰った。

そう言われて思い出した。私の出したエッセイ集の中に彼のことが書いてあったのだ。そこで早速その本を本棚から取り出してみた。そのページを開けると次のようなエッセイだった。

＊　＊

大学の友人にT君という同級生がいる。彼は私と同じ子どもが五人いる。先日久しぶりに遊びに行った。自分の家では気が付かないが、家の中に子どもが五人居る風景は圧巻だ。つい、ひー、ふー、みー、よー、いつ、と数えてみる。彼は私と同じくらいの歳なのだが、結婚が私より三年くらい遅かったので、五人の子どもさん方も、うちより三つくらい学年が下になる。だからうちの家族の三年前の様子を見ているようだ。

子どもさん方の一番上が小学六年生で、まだまだ親に甘えたい年頃だ。風呂も一緒に入るし、相撲も一緒に取る。将棋も一緒にすれば、テレビも一緒に見る。

そういう風景を見てふと思った。私が子ども達と一緒にこうやって時を過ごしたのはいつまでだったのだろうと。

それをずっと遡っていくと、それぞれの最後の日があるはずだ。

例えば、ハイハイをしなくなった日。オムツをしなくてもよくなった日。添い寝をしなくてもよくなった日。母乳を飲ませなくなった日。お風呂に一緒に入らなくなった日。幼稚園の迎えに行かなくてもよくなった日。それぞれの子どもの成長につれて最後の日というものがある。最後の日の前後にはあまり意識しないが、ずっと後から、そういえばあの時はそんな時代もあったんだなと懐かしく思えてくる。それと同時に今はそういうこともできなくなったんだなあという淋しさもある。

今からも気付かないうちにどんどん子ども達の最後の日を迎えることだろう。そして最後の日がなくなった時、子ども達は立派な大人に成長しているはずだ。

＊　＊

エッセイを書き始めて三十年近くなる。その間いろいろな想いを持って書き続けてきた。その数はゆうに三千を超える。しかしこのような「カタチ」でのエッセイの反応というのは初めてだ。何気なく書いたエッセイが人の心を動かす、あるいは感動を与える。エッセイにはそういうパワーがある。

さて、みやざきエッセイスト・クラブの本は毎年秋に発刊される。今回で二十二冊目。エッセイ好きなメンバーが集まり、エッセイ集として出版されるのだ。今回のタイトルは『見果てぬ夢』。この本を手に取り、心に残る作品を一つひとつ丁寧に読んで欲しい。それは人を感動させ、いつまでも心に残る作品ばかりだからだ。

# 目次

カバー・前扉作品

奥村羊一（おくむら　よういち）

一九五四年　長崎県生まれ／宮崎県在住
一九七六年　千穂さんと結婚す
一九八〇年　息子（勲）・生
一九八五年　息子（遊）・生
　後は友達に助けられながら
　ゆるりと現在に至る

カバー絵「山の勇者　海の勇者」
　扉絵「銀河旅行」

小さなシリウスに飛び乗って
銀河の旅に出かけよう
お供は手乗りの風見猫
のんびりゆっくり出かけよう
体一つのぶらり旅
どんな出会いがあるだろう
夢は大きく広がるね

# 見果てぬ夢

みやざきエッセイスト・クラブ 作品集22

# 伊野啓三郎

ミケランジェロと黒木國昭展

## ミケランジェロと黒木國昭展

世界のガラス工芸の歴史を目で追ってみると、何世紀もの間美しい色彩と緻密なデザインを駆使して完成された世界のガラス工芸で右に出るものはないと言われていた「ヴェネチアガラス工芸」の伝統を追い抜いて、世界最高の名を得るに至った「ボヘミアガラス」。ドイツ、オーストリア、ポーランドに隣接してヨーロッパの香り高い文化の一翼を担ってきた「チェコ（旧チェコスロバキア）」。

今その華やかな歴史を覆し、新しい情感溢れるガラス工芸文化とも言える新機軸を確立し、世界に認められたのが、日本のガラス工芸作家「黒木國昭」である。

卓越した技能、研ぎ澄まされた無限の感性から生まれる多くの作品は、世界の人々から感嘆のまなざしを集め、見る人を魅了し続けている。

明治以来、日本のガラス製造の世界は、生活文化に根ざした製品が中心で生活の利便性向上に大きく役立ち、今日も日常生活に対するその貢献度は計り知れぬものがある。

そのような、ガラスの世界の定説を覆した新たなガラスによるアートのジャンルを切り拓いたのが、黒木國昭の世界である。


戦後、日本経済の復興期の昭和三〇年代半ば、宮崎県立小林高校を卒業した黒木は、集団就職で憧れの東京へ、そこで日本有数のガラス工場へ就職することが出来た。家庭用ガラス製造工場での一歩を踏み出したのだった。

来る日も来る日も、単調な型にはまった流れ作業の製品作りに専念するうちに、ガラスの透明さに美的感覚を映し出すことは出来ないものなのか、彼の心の中に朧ろ気ながらも創造の世界がうごめきはじめた。

何かにとりつかれたかのように、土曜、日曜、休日には上野の美術館を訪ね、さまざまな世界の中に没入し、遂に、江戸文化の粋とも言われる「琳派」尾形光琳の世界に心酔するようになった。

以来、遠大にして多難なデザイン、絵画を如何にしてガラスに融合し立体化させるか、風景、人物を生き生きと描写させるための多種に渉る色彩ガラス原料との対峙等々、困難は多く、想像をはるかに超える多難な出発であった。

そのような細かで複雑な素材の融合、緻密なデザイン、風景、人物を、灼熱のガラスの板上に瞬時に表現する先輩の技能を側で見ていて、黒木は正に神業を見るような思いに浸ったものだった。

その一方では、故郷宮崎での工房開設への夢。それは一日として脳裏から離れることはなかった。


帰郷へのきっかけとなったのは一九六七年、当時の宮崎県知事松形祐堯、綾町長の郷田實、雲海酒造株式会社社長中島勝美三氏の、再三に渉る要望に応えてのことだった。

当時、黒木國昭は国のガラス工芸作家として、「薩摩切子」の復元事業のため、島津家から招聘されて歴史的復元に成功したところであった。

日本を代表する工芸作家が見た、宮崎市の奥座敷綾町の清流のほとばしる辺り、照葉樹林の繁茂する里山の麓、美しい自然の中に在る「酒泉の杜」との共存。そこには遠い日の青年時代に描いていた理想の姿があった。

この土地こそ「琳派尾形光琳」の世界を西洋の素材ガラスで表現する最高のロケーションだと黒木は確信した。

以来、照葉樹林の里から誕生した多くの作品は、世界の人々の目を驚かせ、特に天皇皇后両陛下、皇太子両殿下を始め、多くの国内外の賓客のご来訪、賞賛を受け、我が国に於ける江戸文化創造の歴史が復元されたことに改めて驚嘆の声が大きく伝えられたことだった。

そして代表的作品の多くが、中国北京市の故宮博物館始め、世界中の著名美術館に収蔵され光を放っていることは喜ばしい限りだ。


明治以来、日本文化の海外流出は夥しい数と言い伝えられているが、中でも江戸文化を象徴する琳派の世界、庶民の文化を画いた浮世絵等の流出は想像以上のものであったという。その一方ではそれらによって、諸外国に於いて日本文化は高く評価されたとも言い伝えられている。

二〇〇〇年、黒木は、広重の東海道五拾三次の作品九作を発表し、五年後には全作品を完成させた。屛風を始め、花瓶、衝立、額仕立等々、立体化したそれぞれの全作品には、人物が今にも現れそうな躍動感が満ち溢れ、強烈な感動を見る人の心に焼きつけたものだった。

国内外各地で開催されたそれぞれの個展を高く評価した「NHKエンタープライズ社」は、同社主催で、〈ガラス工芸の巨匠、黒木國昭ガラスアート展〉、〈ガラスによる日本美の表現「琳派と広重東海道五拾三次の展開」展〉、と銘打って、宮崎県立美術館を始め、福岡、東京、新潟、名古屋市の全国五都市で堂々開催。NHKが現存する作家の個展を主催したのは初めてのことだと後に聞いて、その評価の重みに感動したことだった。

このことを伝え聞いてイタリア大使館から急遽、宮崎を訪れた関係者は、その精緻を極めた豪華な美しさに圧倒されたことだった。

そしてガラスの聖地ヴェネチアで是非ともイタリア国民に見せて欲しいと、ヴェネチアでの開催を懇望したことだった。再三に渉っての入念なイタリア当局の実施案に沿って、ヴェネチア展は二〇〇八年十一月二十八日から二か月にわたって開催された。

イタリア国立ヴェネチア・カ・ペーザロ博物館での開催は圧巻だった。グスタフ・クリムトの作品等と肩を並べての特別な配慮の中での演出テクニック。

その昔、ヴェネチアを統治したカ・ペーザロ総督の宮殿を使っての博物館は威厳に満ちた館。黒木國昭の作品の重厚さが一段と輝いたことだった。

ヴェネチアでの海外展以前に海外における活動の場は、二〇〇〇年初頭から中華民国台湾からの招きによって交流が深められ、正式な国交のない日台両国の懸け橋として今日、大きな信頼のなか発展しているのは喜ばしい限りだ。

その先陣を切ったのが二〇〇〇年、台湾新竹市政府主催による、台湾新竹市玻璃工芸博物館開館記念展で、黒木は同記念展に招聘され作品展示を行い、展示品より作品浮彫り灯（内彫り）、台湾の風景、他一点が収蔵された。

これを機に台湾の地方文化催事には、中心的な存在として招かれ、重きをなしていることは嬉しい限りだ。

二〇一三年二月、中華民国台湾政府は、台湾国立博物館主催「黒木國昭日本中華民国台湾国際芸術文化交流展」を中華民国台湾国立歴史博物館にて約二か月間開催した。

華やかに台湾独自のセレモニーで開催されたが、オープニングに当初出席を予定されていた中華民国馬英九総統の出席が取り止めになり、その代わりに総統府にて特別謁見をということで急遽、厳戒の中を総統府に入った。二〇〇平方メートル程の大会場には、中央大壁面に初代国民党首「孫文」の一メートル四方大程の肖像写真が飾られ、その真下の中央、テーブルをはさんで右側に総統、左側に主賓用のソファが置かれ、その両側に来訪者、政府側近者等用の同じソファと小テーブルが十五客ずつ、計三十客が着席随伴するようになっていた。

馬英九総統は「今我が国は文化発展の途上に在る。その中に在って黒木國昭先生の存在は我が国にとって貴重な師として仰いでいる」という挨拶発言には随伴者一同嬉しさがこみあげたことだった。

それぞれのソファの前のテーブルには、総統からの記念品が置かれ、最後に各テーブルを回って一国の元首から直接手を差し伸べられ熱い握手を交わすなんて想像もしなかっただけに、感動はひとしおだった。


広大な国立博物館敷地の中央入口には、大型看板が飾られ、敷地広場に特設舞台が設置され二〇〇席ほどの参列者席が設けられていた。

ステージには政府関係者が並び次々と賛辞が贈られ、一〇〇メートル程の横長二階建ての博物館、その二階が会場であった。

列をなして会場入り口に向かったところ、何と驚いたことに一階会場は「ミケランジェロ展」がすでに開催されていた。

ルネッサンスの巨匠ミケランジェロ。

十六世紀、文芸復興の先駆者として多くの偉業を達成した彫刻家としてさらに建築家として、そしてあの一五三三年クレメンス七世の委嘱を受けて、システィーナ礼拝堂の祭壇上の壁に描かれた「最後の審判」。三九一人の人物が二〇〇平方メートルの壁面に描き込まれた壮大な壁面。

胸を躍らせながら、迫力に満ち溢れたページをめくった若き日の思い出が、心に迫ってきたことだった。

ミケランジェロと黒木國昭展。

歴史を隔てた二人の巨匠展。

その重みを文化国家中華民国台湾政府の関係者がしっかかと無言の中に台湾国民に示されたかと思うと、嬉しさがこみ上げると同時に、目がしらが熱くなり、しばし感涙に噎《む》せんだことだった。

中華民国台湾政府機関の主催行事に繰り広げられた熱い思い、馬英九総統の挨拶の中に秘められた黒木國昭氏への想い。固い握手の温もりが再び伝わって来るのと共に、芸術に国境は無く、そこには人間の真実のみがあるというその姿に、改めて感動したことだった。

岩田英男



# 老年よ大志を抱け

札幌市郊外の羊ヶ丘展望台にW・S・クラーク博士の右手を高く空に差し出したブロンズ像が凛として立っており、その足元には「少年よ、大志を抱け！」と博士が北海道大学の前身・札幌農学校を去る時の有名な訓示が英語で刻んである。実はこのあとに続く言葉があって、「この老人（老年）のように」と続くことは余り知られていない。当時、博士はまだ五十歳過ぎであったが、平均寿命が短かった明治時代には既に老境に数えられたのだろう。

帰国後、クラーク博士は五十八歳で逝去するが、病床を見舞ったのは教え子の一人で、のちに同志社大学を創設する新島襄だった。赴任当初、酒を飲んでは問題を起こす教え子のやんちゃさに窮した博士は、大好きなワインの瓶を投げ捨て、自らが断酒して範を示し、生徒にも禁酒を迫った。

また札幌市の観光名所の一つである時計台は、母国アメリカ合衆国で南北戦争の際に自分を守る術を持たない多くの教え子を失った教訓から、明治十年に勃発した西南戦争が内戦に拡大することを危惧した博士が、戦火で教え子たちを失わないための演武場として設計・施工を命じた建物である。博士は情熱と愛にあふれた教育者だった。

クラーク博士の札幌農学校での勤務はわずか八か月であったが、十三名の教え子はその後大きな活躍をし、北海道に酪農を根付かせ、その後の農業発展の中心となった。そして博士の残した志を高く持つことの大切さを説いたこの別れの言葉は、現在も日本の若者に対するメッセージであり続けている。

私は平成二十九年十月に六十五歳になった。法律的に高齢者年齢を引き上げようという国家的な動きはあるものの、現行法上は立派な高齢者・老人・老年である。

しかし一向に自分が社会的に高齢者であるという自覚がない。今も若い人に交じって働き、給与を得て、わずかばかりではあるが所得税を納め厚生年金も負担している。多少身体は錆びついてきたという自覚はないではないが、中古自転車のように時々は磨きなおして油を注ぐことを怠らなければ、まだ十分街中を走ることは可能だ。もちろん最新のスポーツ仕様の軽快な自転車からしたら随分見劣りはするし、タイヤ圧（血圧）は少し高めで調節が必要だが、走るという本来の目的はなんとか果たせている。

アメリカ合衆国第十六代大統領A・リンカーンは「四十歳を過ぎたら自分の顔に責任を持て」と言った。孔子は四十歳にして心に惑いがなくなった（不惑）、五十歳で天の使命を知りえるようになった（知命）、六十歳で他人の意見を自然によく聴けるようになった（耳順）、七十歳で心の欲するところに従って矩を越えることがなくなった（従心）と言ったが、還暦を過ぎても未だ戸惑うことばかりで自分探しの旅は終わらず、自己主張は強く、自分の顔に風格も自信もなく、いたずらに実年齢だけ重ねている。

凡人である私は先人・偉人とは違うのだと開き直ればそれまでのことではあるが、充実した高齢期を生きるためのヒントはまわりにたくさんあるようだ。

Sさんは私と同年齢の内科医師である。いつも非常にお元気なので、ある時、「あなたはお医者様なので、特別な体によい食物を召し上がっておられるか、薬を飲まれているのではないのですか？」と直截に伺ったことがある。「そんなもの私は飲食していませんよ。元気の素があるとしたら生き方、考え方です。過去のすでに終わったことをうじうじと後悔してもはじまりませんよね。もしあることがうまくいかなくてもそれはすでに過去です。どうしようもない。これから先をどう生きるかが私の命題です。未来志向なのです」という言葉が、輝く瞳とともに即座に返ってきた。Sさんの話を伺いながら、人気テレビ番組「なんでも鑑定団」に出演されている北原照久さんの講演会で、「過去と他人は変えられないが、未来と自分は変えられる」という言葉を教わったことを思い出した。

作家・黒田夏子さんは、『ａｂさんご』で平成二十五年一月、第一四八回芥川賞を受賞された時、七十五歳九か月だった。

総合雑誌「新潮45」の巻頭のエッセイは創刊以来、作家・曾野綾子さんが担当しておられる。昭和六年生まれで今年八十六歳になられるが、筆力は一向に衰えを見せず、カトリック教徒として、さらに日本財団での勤務を通じて獲得されたグローバルで精緻な世事への切り込みの視点には啓発されることが多い。

月刊「文藝春秋」巻頭エッセイの最後は作家・塩野七生さんが毎月二ページ担当しておられる。塩野さんはローマ在住で、ヨーロッパから観た現代日本への政治・経済・文化に対する分析や歴史研究に裏打ちされた提言には、日本及び日本人の直面する諸課題についての鋭い洞察がある。塩野さんは昭和十二年生まれで、今年八十歳になられる。

女優の草笛光子さんは昭和八年生まれで今年八十四歳、スクワットなど運動による「貯筋」に日々努められ、ステージ・テレビ・映画などで活躍されるバリバリの現役だ。岸恵子さんは昭和七年、八千草薫さんは昭和六年生まれであるが、今もって女優・女性としての輝きを失わないどころか、むしろ人間的魅力は増しているように思われる。

作家・石原慎太郎さんと五木寛之さんは生年月日が奇しくも同じ昭和七年九月三十日で今年八十五歳になられたが、お二人とも意欲的に作品を上梓され、講演をこなされるとともに、テレビやラジオの番組に出演し続けておられる。

先日テレビを観ていると、瀬戸内寂聴さんが大病を克服されたあと、新しい小説を執筆するために真剣に机に向かう姿が映し出され、「小説を書くことが私の一番の快楽なのです」と語る姿勢に感銘を受けた。瀬戸内さんは大正十一年生まれで今年九十五歳だ。別な番組で瀬戸内さんと対談しておられたのは日本文学研究者であるドナルド・キーンさんだったが、キーンさんは瀬戸内さんと同年齢で、談論風発の対談内容には飽きることがなかった。

脚本家・橋田壽賀子さんは九十二歳、ウイットに富んだエッセイを書き続けておられるお茶の水女子大学名誉教授・外山滋比古さんは九十四歳、人気漫才コンビ・ナイツの師匠・内海桂子さん、作家・佐藤愛子さん（近著『九十歳。何がめでたい』はベストセラーで痛快なエッセイ）はともに九十五歳、戦争の悲惨さを体験され平和を希求しつづける孤高の俳人・金子兜太さんは九十八歳、書に精通され和紙に日本画の画材を用い限られた色彩で多様な表情を生み出す美術家・篠田桃紅さん（近著『一〇三歳になってわかったこと』）は百四歳で未だ現役である。

名前を挙げさせていただいたこれらの著名な方々には、通底することがあるように思う。それは既に功成り名を遂げられて生活に困ることもない立場にありながら、実年齢をもろともせず、意欲的・創造的な仕事をされておられることだ。たまたま健康や長寿に恵まれたのではなく、仕事を継続するために独自の健康法を構築され今も活躍されていると考えた方がよいのではないか。事実、俳優・歌手の美輪明宏さんは演技や歌を続けるために酒も煙草も絶っていると対談で語られたことがある。うがった見方をすれば、これらの方々は意欲的・創造的に生きておられるから、元気だということもできるかもしれない。

二十代の前半、父の知人宅を訪問した際、「あなたのライフワークは何か？」と突然尋ねられたことがある。もちろん言葉の意味は知っていたが、意識したことが全くなかったので返答に窮した。今でも苦い記憶である。六十代の半ばに差し掛かった現在、「お前のライフワークは何か」と尋ねられても、明確な回答ができない自分を情けなく思う。自分なりにこれまで懸命に生きてきたつもりでいたが、後世・後輩に残せるものはほとんどないと言ってよい。

しかし救いはあるかもしれない。「未来志向の生き方」「未来と自分は変えられる」という考え方に立てば、六十五歳からでもライフワークは十分残せる。節制・養生に努めれば、平均寿命以上を生き健康寿命を延ばすことも可能だ。また生きるということは実年齢に関係なく、将来何事かをなしえる可能性を秘めているということであるとの考えもできるようになった。

もしかしたら若いころ聞きかじった実存哲学者J・P・サルトルの「被投的投企」、F・W・ニーチェの「超人」という人間存在の在り方を示唆するキーワードは、現実的にはこの世に生きてある限り、年齢に関係なく未来に向かって新しい自分を発見し創造しつづける生き方をイメージしたものかもしれない。

こんなことに思いを巡らす昨今であるが、今までの仕事にピリオドを打ち、これから政治家を志そうとする方から、「人生二毛作・三毛作」という言葉を教えていただいた。なぜ「二期作・三期作」ではないかと問う私に、定年や人生の一区切りの年齢で、今まで取り組んできた仕事以外の新しいジャンルに、人は生きている限り挑戦し、新たな能力を発揮する可能性があるから、同じ仕事を続ける二期作・三期作も価値あることだが、二毛作・三毛作の挑戦の方がその人の新しい魅力を引き出せて面白いかもしれないと言うのだ。その際最も必要なことは、今までの職業上の肩書や地位はよい経験だったと片隅において、社会人としての基本に立ち返り、新しい仕事のルールに溶け込み、若い人からも学び取る勇気と謙虚さをもつことのような気がする。

二期作・三期作も素晴らしい。公私ともにお世話になっている医師は今年古希を迎えられたが、先年一代で設立された都市部の二つの大きな病院の運営を次世代に委譲され、現在はご両親の出身地であり、ご自身のルーツともいえる山村の診療所で地域医療に貢献しておられる。毎月通う理髪店の主人は現在八十六歳、奥様は八十五歳だ。聴覚は少し不自由になられたが、ハサミはもちろん剃刀を持つ手も震えることはない。これらの方々のように専門的な生涯免許・資格を持っておられる方は二期作・三期作が可能だが、定年により新しい道を模索しなくてはならない多くの人は二毛作・三毛作への積極的な挑戦があってよいのではないか。

結婚して初めての正月、義父から「人間はなぜ勉強するのか、しなくてはいけないのか」という、こんにゃく問答にも似た質問をされて返答に窮したことがある。「この世には学ぶべきことがたくさんあり、とても学生時代だけでは学びきれない。だから人は一生を通じて勉強し、学びつづけなければならない」、と義父は教えてくれた。三十数年前の、この言葉の意味が六十代の今になってやっと理解できたような気がする。脳科学者・茂木健一郎さんの講演で、認知症予防には日々学ぶ姿勢を保ち、新しいジャンルに挑戦することが最もよいと伺った。

六十五歳は実年齢で高齢者の仲間入りであるかもしれないが、まだまだ学ぶべきことが多くあり、新しいジャンルに挑戦できる人生の時間は十分残されている年齢であるように思われてならない。

ドン・キホーテでありたい。彼が古い甲冑に身を包み、サンチョ・パンサを引き連れ、老馬ロシナンテにまたがり、見初めた女性をドルシネア姫と慕いつつ、風車という仮想の敵と戦い続けたように、それが見果てぬ夢であったとしても、生涯現役でロマンを追い続ける人生でありたいと切に願う。それが一期作・二期作であっても二毛作・三毛作への挑戦であってもかまわない。

もしかしたら札幌農学校でのクラーク博士の別れの言葉は、これから苦難の道を歩むかもしれない若い教え子たちを励ます最後の訓示であったとともに、忍び寄る老いを感じながら帰国し新しい道に挑戦しようとする自らを鼓舞するためのものでもあったのではないか。

「老年よ、大志を抱け！　少年のように」

高齢期の入り口で佇む今の私に、クラーク博士の世紀を超えたメッセージは、こう響いてやまないのである。

## 興梠 マリア



# 愛しているが言えない

仕事から戻るとガレージに夫の車がなかった。どこへ行ったのだろうと思ったのは一瞬で、私はすぐに庭に出て花たちに水をとホースを繰り出し、散水作業に取り掛かっていた。良い天気の午後、太陽を背にしてホースから出る水を空に向かって放つのは私のお気に入りの一つだ。虹を作るのだ。ありきたりだがハミングする曲もいつも『オーバーザレインボウ』。小さいときに両親と一緒に観た『オズの魔法使い』という映画の中で主人公の女の子ドロシーが歌う曲で、虹の向こうのどこかの空遠くに子守歌で聞いた国がある、そして、信じた夢は全てほんとになるのよ……。私は幸せな午後のひとときを過ごしていた。

ふと気が付くと自宅で電話が鳴っている。もうすこし、美しい弧を描いている虹を眺めていたかったが水を止め、あわてて電話のある部屋へと走っていった。濡れている手を拭き、ドアを開け、靴を脱ぎ、と時間はかかったが電話のコール音は鳴り止むことなく待っていてくれた。

「S病院からです。ご主人様が高熱で来院されて只今応急の処置をとっています。インフルエンザです。四十度の高熱で隔離して点滴をしています。至急、病院へお越しください」

「はい。すぐに伺います」と言って受話器を戻したが、受話器に添えた手が固まってしまい震えと共にその場を離れることができない。


何の迷いもなく彼のプロポーズを受けたのは十九歳の時だった。ああ、あの時から半世紀の時が流れているのだ。十五歳でアメリカの中学を卒業した夏、アメリカからたった一人で海を渡って日本の東京羽田に着いた。まだ新幹線は走っていなかったころだ。見るものすべてが珍しかった。が、とても不安で目を見開くだけで精いっぱいだった。そんな時、彼に出会った。彼こそが数年後に結婚する人だと思いもよらなかった。彼は私の足りない学力や語学力のサポートを引き受けてくれたのだ。丁寧で理解するまであきらめることなく私が高校二年生の夏まで日本語を教えてくれたのだ。九月から高校の教師として宮崎に赴任することが決まり、困ったことがあったらいつでも相談に乗りますよと住所の書かれた一枚の紙切れを手渡された。墨で書かれていた。

高校を卒業した私はまた、たった一人で英国の大学で学ぶことになった。未来がとてつもなく不安で不確かな時、彼に手紙を書いた。父からの手紙で英国での学生生活を終え、米国の東海岸の大学へ編入するようにと指示されていたのだ。親の期待に応えたいと、ただそれだけで指示に従ってきた。そんな思いを手紙に認めて投函した。

返事には美しい言葉で彼の住む宮崎が書かれていた。夕陽の中、おもちゃのような汽車が走っている情景。そして僕の住む宮崎に来ませんかと……。驚きよりも何よりも確かな未来に心躍り即決したあの時。

早く病院へ向かわなければいけないのに、受話器を持ったまま私は、こんな記憶を手繰り寄せているのだ。そしてさらに、もっと昔の幸せだったころの遠い記憶も甦ってくる。美しい言葉の中で育ったと、幼かった頃を思い出す。見上げるような背の高い両親からふりそそいでいた言葉を想う。異国の地に暮らしているからか、日常的に使わない言葉だからかとても懐かしい。この国の言葉に直すと「愛している」……文字にすると「I　LOVE　YO

し」。

父からも母からも、周りの人たちからも、優しい思いがこもったこの言葉をいっぱい聞いて育った。なぜか今、この言葉が懐かしい。

インフルエンザで入院となった夫のいる病院へ向かう車の中で何度も何度も繰り返す。大丈夫、大丈夫、今度もきっと大丈夫……。病室に案内されると高熱で苦しそうな息遣いの中、夫は点滴を受けながら眠り続けていた。一週間の入院の後、退院を決める最後の診察があった。主治医が、

「奥様にお話があります」

看護師が夫を廊下へと促し、診察室には主治医と私だけになった。

「高熱で来院された時、病院の駐車場に斜めに駐車、ふらふらの状態で受付にこられ、車のドアは開けたままでした。高齢ということもありますので、今後の運転は気をつけられるか運転をしないということを考えられたほうがよいと思います」。私は返す言葉もなかった。

心配していた娘たちに退院の報告と共に、この話を告げた。娘たちは二人とも、もう、運転はしないほうがいいと即座に答えた。

「ほら、宮崎で高齢者の運転で何人もの人が事故にあったってテレビでも放映された時から心配していたの。車の故障は直せるけれど人の命を奪うことになったら取り返しがつかな

いわよ。もう運転はやめるように言って」
そのとおりだと私も思う。退院から暫くしてこの話を夫に伝えた。娘たちの言葉も添えて。ただ、黙っている。何も言わないのだ。きまずい時間が流れる。お茶を一口飲み干して、彼は書斎がある二階へと上っていった。

夫は口数の多い人ではない。静かな人だと思う。夫となった彼から私は多くを学んだ。今もそうだ。

日本の文学を読むとき、行間から溢れる思いを読み取ることが大事と、森鷗外や山本周五郎の作品を例にして教えてくれたことを思い出す。彼の沈黙は分かりやすい。車の運転をやめること、車を手放すことなど全てが受け入れられないという意思の表れなのだ。

バスなんて未だ乗ったことのない人で、まずは市役所に行って敬老バスカードの申請をした。そして近くのバスセンターで運賃分をチャージしてバスカードは夫のものになった。月に一度病院へ検査に行く日に初めて使うことになって、朝、自宅を出る彼を見送った。自宅は飛行場近くの郊外にあるので一度乗り換えが必要だ。そのあとはこれまた郊外にある病院まで乗っていくのだ。終点までだから心配もないし、心配する必要もないとこれまでは気楽に思っていた。だいたい午前中で終わるので、混んでいても昼過ぎには帰宅していつも昼食は自宅で食べるのが今までだった。

昼二時になっても帰ってこない。検査が長引いているのかもと思い、ちょっと心配になった。携帯電話は自室においてある。三時を過ぎ四時を過ぎ、さすがに心配になり、バス停まで迎えにいくことにする。自宅を出てしばらくすると不機嫌な顔で歩いてくる夫に出会った。

「心配でバス停に行こうと思っていたの」

「バスが来ない。で、歩いて帰ってきた」

我が家が宮崎の郊外の南とすれば、病院は北の郊外にある。バスでも三十分はゆうにかかる。その距離を思い、言葉を失った。運動をする人ではない。まして歩くこともしない。これは只事ではない。

「疲れた。足がとても痛い。寝る」といって自分の部屋へと階段を上って行った。

一人取り残された私は話し相手を求めて娘に電話を掛ける。

「バスが来ないからってタクシーに乗るとかを考えないパパがおかしい。とにかく車に乗らないという生活に慣れるしかないから、ママ負けないでね」。そうか、けんかをしているつもりなんてないのに、娘には父と母の勝ち負けと捉えられているのだろう。二人暮らしなので夜ともなればお腹がすいたころには自室から出て食卓に着く。結局昼は食べていない。喉が渇いたといってビールを飲む。一本を飲み干すと直ぐにもう一本を自分で取りに行く。私が二本飲むことを禁じているのを知ってからだ。またまた気まずい空気が流れる。いくら喉が渇いているからといって食卓にあるものに手も付けずにビールを飲むのは普段ならしないことだ。何かを伝えたいのはわかる。そのなにかも良く判る。反対になぜ私が言葉をかけず黙って見守っているのかを夫は判っているのだろうか……。

夫が心臓発作で意識を失い救急車で搬送され入院した時から今年で十年になる。夫が生死の境を彷徨い、心臓の手術から生還した時から私は常にもう一度の死を恐れて過ごしてきたのだ。夫は身体障害者一級と認定され今に至る。薬は十種類を超えるものを服用、食事制限もある。

「君はもう、僕がいなくっても大丈夫。一人でも生きていけるよ」。こんな言葉を告げられると泣くしかない。言葉は出て来ない。

空気のような存在になっていたのだろうか？　いや、そんなことはない。二人でここまで支えあって生きてきた。手のかかる妻だったことは確かだ。二人の娘を育てる中、多くの試練も二人で相談して切り抜けてきた。かけがえのない相手だからこそ今日まで来られた。あなたが心肺停止した時、救急車が来るまで必死で人工呼吸を施した。心臓の大手術の長い時間、耐えられたのはあなたと過ごす日々を、未来を信じて疑わなかったからなのだ。

この十年の間に私たち双方の両親を亡くした。先に逝った私の父の側にと母の遺骨を故郷アメリカの丘の上に建つ納骨堂に納めに行った。故郷は思い出の中にしか、もはや存在しない。生きることの理《ことわり》は充分承知している。哀しみの中から学んできた。その時を想像するだけで心は騒ぐ。それでも生きなければならないことを静かに受け止められると思っていた。

なぜにこんなに心が騒ぐのか……

なぜにこんなに涙が溢れるのか……

私は何を告げたいのだろう。

あなたは何を告げたいのだろう。

声を出して伝えたいことは何なのだろう……。

あなたを愛しているから、一日でも長くいっしょにいたい……。

私は「愛している」という言葉が言えない。

私は長くこの言葉を言ったことがない。

まして……
I　LOVE　YOUという美しい言葉が
言えない……。

# 須河信子

泥《でい》眼《がん》

## 泥《でい》眼《がん》

何年前のことだろう。首を傾げながら、当時観た演目の『船弁慶』を頼りに調べてみた。二〇一二年のことだったようだ。もう五年も経つ。鼓を習い始めてから五年目だったのか。延岡市の城山城趾二の丸広場で毎年十月「のべおか天下一《てんがいち》薪能」が催される。開演は午後五時半。

その年、私は三時過ぎに会場に到着した。しばらく辺りを散策してみることにした。あてもなく歩いていると、着物を着たご婦人がたが三々五々、細長い石段から下りてこられるのが見えた。そういえばチラシには、着物で鑑賞される方は五百円引きになります、と謳われていた。

皆さんが下りてこられた彼方を見上げると、何やら建物があるらしい。私も行ってみることにした。ゆっくり階段を上る。

上りきった場所には、こぢんまりとした木造の建物があった。茅葺きの屋根、懐かしい老人の趣がある。

私は自然に靴を脱ぎ、その建物の中に入った。外は西日が照り始めていたが、ここには日差しは届かない。ほっと一息つく。茶室のようでもあるがと思いながら様子を窺う。わからない。ゆったりとした日本庭園がその建物を取り囲んでいる。後になって知ったのだが古民家を移転、利用した「静思庵」だった。

そろそろ下りてみようかな、開演時間に遅れると困る。石段を下りながら向かいを見ると壁に「内藤記念館」と記された建物がある。

あそこにも入ってみよう、私は石段を下りきると入り口に直行した。

誰かが私を見ている。誰かが呼んでいる。私は順路を無視して、私を見つめる目につかつかと近付いた。

一枚の能面が私を見ていた。ふっくらとした頬の女面だった。彼女が私を見ていたのだ。

「気付いたの？」

囁かれたような気がした。

彼女は不思議な表情をしていた。薄い笑みは浮かべているのだが、心底笑っていない。どこか投げやりな含み笑いだ。面の中にはどんな感情があるのだろう。

その面の近くには『般若』や『生成り』など、表情の読みやすい面が並んでいる。しかし『泥眼』と銘打たれたその面の表情が読み取れない。

やがて薪能の始まる刻限になった。私は城趾公園に戻った。能を見ている間も、出会ったばかりの面について考えていた。

小鼓を習い始めて十年になる。小鼓は能の囃子方の一部だ。囃子方には他に笛・大鼓《おおづつ》・太鼓がある。そして謡が加わって主役の舞い手を盛り立てる。

能はそれらのパーツが揃って成り立つセッションだ。プロは基本的にはリハーサルは行わない。顔合わせを済ませたら、いきなり本番に入る。本番では楽譜は見ない。各々が完璧に役目をこなせることが前提となっている。

十年やそこらで身に付く芸ではない。

小鼓には右手を使った四つの音の出し方がある。それに加えて左手で麻の緒（朱色の持ち紐）を握る強さで音の高低を変える。楽譜通り打つと全身の神経を使う。私のレベルでは一曲打ち終えると汗だくになる。

小鼓の皮は馬の腹の皮をなめして作られているため、常に適度な水分を保たねばならない。この皮を弾むように打つことで音が出る。

初心者はなかなか音が出ないのだが、私の場合、実にラッキーな出来事があった。我が家の駐車場で車止めに引っかかって転倒。右手の薬指と小指の根元を骨折したのだ。一か月ほどギプスをはめていたのだが、あら不思議、それから音が出始めたのだ。骨折したことによって余計な力が入らなくなったようだ。

一緒に習い始めた人に、よく尋ねられた。

「どうしたら音が出るようになるの？」

理屈では説明しにくい。

「右手を骨折すれば音が出るようになる、かも……」

としか答えようがなかった。相手はたぶん「からかわれている」と思ったことだろう。人間の身体は力を入れるより抜くことの方が難しい場合がある。

あの面に出会った次の鼓のお稽古の時、私は師匠にお願いしてあの面を使う演目の曲を教えていただくことにした。

まずは源氏物語に題を取った『葵上』だ。題名は葵上だが、実は六条御息所が主人公なのだ。お産を控えた葵上の身辺に六条御息所の生霊が現われ葵上を苦しめる。やがて出産を終えた葵上を取り殺すというストーリーだ。

六条御息所は先の春宮《とうぐう》の后だったが、夫を早くに失ってしまう。やがては皇后になる身分だったはずが独り身になってしまった。先の春宮との間に女の子が一人いる。この上なく高貴な身分だったのだ。

その六条御息所に光源氏が言い寄る。六条は拒んではみるものの、拒みきれず光源氏の手中に墜ちてしまう。

一方、光源氏は六条を手に入れてはみたものの、六条のプライドの高さに疲れてしまう。そしてまた女性遍歴を始めるのだ。

年上の女であり先の春宮妃であった六条は素直に光源氏に甘えることができない。押し殺した想いが生霊となって天かける。そして、夕顔を殺し、葵上を殺す。死しては死霊となって紫の上まで殺してしまう。

「行かないで！」

「もっと私のところに通ってきて！」

そう言って泣ければ、魂が走ることにはならなかっただろう。しかし、六条は修羅場を演じることができなかった。

『泥眼』の面に心を隠し、想いを人に悟られまいとした。しかし、隠した想いは強いエネルギーとなり、殺人を犯すまでになる。

女の私にとっては悲しい、そして共感できる面だ。男性社会では、女は『泥眼』の面を着けねばならない事態に、しばしば遭遇する。

家の嫁として、謂れ無い重圧の中で生きてきた私は、いつしか感情を抑えることが上手になった。しかし、心の中にはいつも氷を抱いていた。泣くことも笑うこともできなかった。このままでは生きて行けない。

私は模索しつつ時を過ごしてきた。

ふと懐かしさが込み上げ、面に逢いたくなった私は六月末に延岡に出かけた。すると「内藤記念館」にも「静思庵」に上がる階段にもロープが張られていて「工事中」の表示があった。市役所の文化課に電話をしてお話をうかがった。

「老朽化が激しいため現在の建物は取り壊し、新しい文化施設を建設します。平成三十二年完成を予定しています」

とのお返事だった。

「その施設が出来上がれば、面はすぐに展示されるのですか?」

「いえ、すぐに面を展示することはできません。湿度やその他の条件の様子を見ないとなりませんので」

無理もない話だ。延岡内藤家が旧蔵していて、延岡市に寄贈された文化財には歴史的に素晴しい価値がある。私が会いたいと思っている『泥眼』も、安土桃山時代から江戸時代初期にかけて作られたものだ。しかも作者は「天下一」の称号を与えられた面打師だ。

価値ある文化財を後の世に伝えるためには当然の措置であろう。

電話を切って、私は考えた。新しい施設が完成するまであと三年。それから何年待てば私は面に逢えるのだ。待ち遠しい。いや、逢えるのか?

ぼんやりと旭化成の紅白の煙突を眺める。石垣だけになってしまった延岡城と好対照に、厳然とそびえ立っている。

延岡の街並みを抜け東九州自動車道に入る。

豊臣秀吉や徳川家康の時代の面が、なぜこうまで私を惹き付けるのか。考え続けていると、ついアクセルを踏み込んでしまう。

梅雨を待つ空はやたら眩しい。

五百年近く前に作られたと推測される面が、なぜ私を呼ぶのだ。もしかして、私が面を呼んだのか？

私は師匠に再度お願いして『泥眼』の登場する新しい課題曲をいただいた。『海士《あま》』だ。藤原不比等は龍宮に奪われた宝の球を取り戻さねばならなかった。出向いた海で知り合った一人の海女と交わり男の子をもうける。

不比等はその子の出世と引き換えに、海女に、球を取り戻すことを頼んだ。我が子の将来を思い、海女は龍宮に向かう。球は取り返したが、そのために海女は命を落とす。不比等は海女との約束通りに子どもを都に連れて帰り厚遇する。

やがて成長した息子が母親の苦提を弔おうとその海を訪れる。息子の前に現われる母の霊。息子と再会できた喜びに、母親は龍女の姿で成仏する。その時『泥眼』の面が使われる。

幼い息子を残してこの世を去らねばならなかった無念や、息子だけを連れ去った藤原不比等に対する恨みやつらみ。それらすべてを、この女性は面の中に秘めて天に昇る。

生成りは人が般若になる過程の面だ。頭部には短い角《つの》が生えていて、口からは牙がのぞいている。そしてやがて般若になる。こうなるともう人には戻れない。

怒りを顕わにする般若になった方が楽なのに、時として『泥眼』になってしまう女たち。五百年前にもこんな表情を浮かべた女たちがたくさんいたのだろう。そして現代にもいるのだろう。

能にはめでたい曲もあるが、悲しい曲もある。鼓を膝に乗せ間合いを整える時、私は能楽殿の天井を一度だけ見上げる。

天井の暗がりを見つめていて気が付いた。『泥眼』は毎日見ている鏡の中にある。

# 鈴木 直

故郷忘れがたく候

## 故郷忘れがたく候

「記念に写真を撮りませんか?」

勘定を済ませて、お店を出ようとする私と家族に、店員さんが声をかけてくださいました。「それじゃ、折角なので、お願いします」と、妻がカメラを渡します。息子二人は、一刻も早く寝床に就きたい時間です。既に時計の針は午後九時を回っていたでしょうか。「最後やけん、笑顔で!」という私の注文にも、息子たちは応えるわけもなく、眠たそうな表情で、カメラのレンズを見つめます。パシャと音が鳴り、記念撮影を終えましたが、私たちがどのような表情で写っていたかは、まだ確かめてはいません。

フランス料理を手ごろな値段で提供する、このお店は近所で評判だと聞きますが、私にとっては十五年ぶりの来店でした。お店の主人には、この夜来店した経緯を話していたものだから、このような粋な計らいをしてくださったのでしょう。しかし息子たちにとっては、そんなことも無意味なものだったに違いなく、ただただ睡魔に翻弄される様子でした。

平成二十九年三月三十日の出来事です。

朝起きてテレビを付けると、高層ビルに旅客機が突っ込む映像が流れています。最初これは映画のワン・シーンだと思っていましたが、間もなく現実であることを知りました。そう、あの「9・11」です。米国を襲った同時多発テロですが、とりわけ高層ビルに旅客機が衝突するという場面はとても衝撃的でした。実は、私の宮崎での就職が決まった日が、この前日だったのです。

引越当日、引越業者さんの厚意で、地元小倉から宮崎までトラックの助手席に乗せて貰いました。吉岡秀隆さん扮するジュンがトラックの助手席に座り、故郷の富良野を後にする。ドラマ『北の国から』の一場面です。トラックのダッシュボードには、泥のついた一万円札二枚が入った封筒が置いてあります。田中邦衛さん扮するオヤジの手の泥がついたピン札を眺めながら、ジュンが回想します。上京後、思い出の一万円札が盗まれ、ひと騒動が起こる。といった脈絡のないことを思い出したのもこの時でした。トラックは凡そ四時間、九州自動車道をひた走り、清武インターで降りました。そして、宮崎の風景を見たとき、故郷の風景とのあまりの違いに、「エライとこに来てもうた」と、これからの生活に不安を感じたものでした。

「テゲテゲで、いっちゃが」宮崎では、よく耳にするフレーズです。宮崎の精神文化を表す言葉のひとつと言えます。もっとも「テゲ」とは不思議な言葉です。「テゲ」単独ですと「とても」という意味で使われます。しかし「テゲテゲ」と連続して使用すると「いいかげん」という意味になります。

「テゲテゲ」に象徴されるように、南国のノンビリとした雰囲気を想像していた私ですが、早速洗礼を受けることになります。就職先の大学病院の仕事は過酷で、平日の残業は当たり前、土日も休日出勤を命じられることがしばしばでした。昨今では、「ワーク・ライフ・バランス」と称して、仕事と生活の両立を求められる時代となりましたが、昔のことです。どれほど残業するかが組織への忠誠を示すバロメーターのように考えられていました。

しかしサッカーでひと汗かけば、仕事でのフラストレーションもすっかり発散することができました。私は高校時代からサッカーを始め、当時サッカー歴も十年を超えていました。趣味のサッカーが、どれほど私の人生を豊かにしてくれたか分かりません。

私が所属するチームは、地元出身で二十歳前後の若い選手が多く、当時二十代後半だった私は、チーム内で異質な存在でした。週末の夜、某中学校のグラウンドで練習するのですが、時々、見るからに年配の、しかしながら動きの良い選手を見かけることになります。彼は、チームメイトに対して自らを「カルロス」と呼ぶように促しているのですが、当然本名ではなく、南米のサッカー選手になりきるための、自身の演出なのでしょう。さらに、サッカースタイルは、ひとたびボールを持ったら、ゴールめがけて、ひたすらドリブルで仕掛けていく。まさに、南米スタイルであり、パスを要求する周りの声にも全く動ずることもなく、自身のスタイルを貫く姿には、憧れすら感じました。そのカルロス氏の職業というと、自由奔放なプレースタイルとは裏はらに、お堅い高校教諭だといいます。年齢は私よりも十歳ばかり上の方です。

ある日「鈴木さん、彼女はいるのですか?」と氏から問われました。「いや、いません」と答えると、準備していたかのように、「今度、コンパしましょう! 会わせたい人がいます」と誘うのです。勿論、ありがたい申し出に即答しました。

確か平成十四年の夏でした。三対三のコンパが行われました。女性陣は、カルロス氏が紹介したい方、その同級生とその同僚と、いずれも高校の教諭でした。一次会はレストラン、二次会はカラオケに行ったことを憶えていますが、何を喋ったか、何があったかはもう記憶にありません。

そう、そう、コンパといえば、生涯のうち百回以上参加しました。そのほとんどは、地元小倉に居た頃で、サッカー仲間と、よく行ったものでした。コンパにどれだけお金と時間を費やしたかと後悔していないかって？　いえ、いえ、あるはずもありません。コンパで大切なことは、初対面の女性と楽しく時間を共有すること。生来シャイな私は、最初の頃は戸惑いもありましたが、その場を楽しく過ごすコツのようなものを体得したことは、他ならぬこの経験だったと確信しています。

いけない、大事なことを言い忘れるところでした。妻と初めて出会った、このコンパで訪れたお店が、冒頭のフランス料理店であったのです。

「親孝行したい時には親が居ない」といいますが、親が生きているうちに、親孝行をしたいと思いながら、できないでいるのが現実です。現在、私の両親は大分県九重町の山里で暮らしています。十二年前、小倉から移住して以来、憧れの田舎暮らしを満喫しています。したがって、里帰りといえば九重連山の麓に行くことになります。

私たち夫婦が結婚してから、既に十四年が経ちますが、「K子さんみたいな、素晴らしい人が（結婚せずに）よく残っていたよね」「よくぞ、K子さんを選んだ！」と未だに両親から褒められます。そのような言葉を聞くたびに、少しは親孝行のようなことができたのかなと勝手に解釈をしているのです。

二人の息子は、今年で小学六年生と四年生になります。今では、夏休みになると、二人で宮崎から大分まで電車で里帰りをするまでになりました。そして、暫く山里での暮らしを、息子たちはわが両親と水入らずで楽しむのでした。

宮崎では十五年と半年を過ごしました。妻と出会い、二人の子どもにも恵まれ、そして大勢の知己を得ることができました。とても充実した時間を過ごすことができ、本当に私は果報者です。出会った全ての皆さまに感謝いたします。そして、宮崎こそが第二の故郷であることに疑いはありません。平成二十九年春、私はこの故郷を離れ、南西に七百キロ離れた沖縄に発つことになりました。

平成二十九年三月三十一日、鹿児島新港より那覇港行のフェリーで沖縄へ向かいました。港で乗船の時を待っていたところ、見る見るうちに待合室が大勢の人々で埋め尽くされていくではないですか。久しぶりの再会に歓喜する人々。そして出航の時、離島へ転任する先生を生徒やその家族が見送ります。先生の名前を記した横断幕や学校名を記した幟がはためいています。船上の先生と岸の生徒とが紙テープで繋がれています。やがて船が離岸して、テープが裂かれ、本当の別れが訪れます。しかし生徒たちの声はやみません。この時季、いつものことなのでしょうが、私にとっては初めて見る光景であり、とても感動的でした。

なんせ二十三時間の長旅です。もう寝るしかありません。船室で横になっていると、隣で寝ている初老の紳士が声をかけてきました。「あんた、学生か?」と。四十三歳のオジさん（＝私）を捕まえて、何を藪から棒にと思いました。紳士が「なぜ中国伝来の独楽が沖永良部にだけ残っているのか?」と疑問を投げかけてきました。素性を尋ねると、独楽の職人で、四十年間作製しているといいます。それから独楽づくりへの熱い思いが縷々語られました。その後、沖永良部での再会を約束して、連絡先を交換しました。

島の人々はこのような感動的な別れと出会いを繰り返しているのでしょうか？　だとすると、島の暮らしが少し羨ましいと思いました。

一夜が明けて、平成二十九年四月一日。奄美大島、徳之島、沖永良部島、与論島を経由して、いよいよ次の寄港地は沖縄本部港となります。

「あっ、島影が見えた！」

沖縄本島です。黒々としたヤンバルの森が見えます。そんな時、トラックの助手席から眺めた、あの宮崎の景色が脳裏に蘇ってきました。しかし、あの時抱いたような感情は、今はもうありません。

# 鈴木康之

## マイウェイ――俳句の道のり――

本年五月末、突然デューク・エイセスのリーダーである谷道夫さん（八十二歳）から、本年十二月をもってグループの活動を終了するとのご挨拶を頂戴した。グループの結成は本人が十九歳時の昭和三十（一九五五）年のことで、今年で六十二年目の解散ということになる。驚いてすぐ谷さんに電話した。谷さんは本名は桑原道士、佐土原藩士の家系で、大宮高校の同期生、どういうわけか、その頃丸山町の拙宅の隣人であった。よく縁側で彼がギターを弾いていたことを思い出す。

昨年三月には宮崎市で、グループ結成六十周年の記念公演があり、終了後同期の仲間が集まって祝賀会をやった。同期の者はみな桑原君と呼んでいる。私は彼が朗朗と張りのある声で「マイ・ウェイ」を独唱したのに感動して、一句短冊を彼に贈った。

マイウエイ君のバリトン春爛漫　　康之

そして今年の三月、グループは彼の奥さんの里である清武町の「半九ホール」で公演を済ませたばかりであった。電話によると「グループのサウンドが落ちないうちに惜しまれて幕を閉じる決断をした。ただし、谷個人としての音楽活動は続けるつもりだ。よろしく」と語ってくれて、いくらか気が安まった。

実は少し前に、私の所属する俳誌「海程」の全国大会で、主宰の金子兜太師（九十七歳）より「海程」を来年八・九月号をもって終刊すると正式に発表がなされていた。「海程」は今年創刊五十五周年を迎えたが、かねてより兜太師は来年九月の白寿到達をもって主宰を辞すると宣言されていたので、その後の「海程」はどうなるのか、後継者の指名はあるのかなどいろいろ取り沙汰されてきていた。全国大会はここのところ三年連続して主宰の地元である埼玉県熊谷市で開催されているが、私は「海程」のその後を兜太師より直接聞くべく、今年も大会に参加した。兜太師の書面による終刊の弁である。
「終刊の第一の理由は、主に私の年齢からくるものです。年齢を重ねるにつれ、本来主宰が担うべき役割の一部を周囲の方たちに依存するようになってきました。その度合が次第に増えている現状を考える時、主宰者―金子兜太の限界が近づいていることを感じています。終刊の第二の理由は、俳人―金子兜太―個人に今まで以上に執着してゆきたいという思いです。最終的には、全ての選者を辞し、句づくりだけの暮しにしたい、と考えています」(要約)
グループや結社を解散しても、個人としてなお音楽や句づくりを続けるという桑原君、兜太師の心意気には共通して「マイウェイ」を貫く尊いものがあるように思う。されば私の「マイウェイ」、いささか忸怩たるものがある。四十二年間に及ぶサラリーマン生活はこの際別として、帰郷後の「マイウェイ」を検証することにする。
桑原君がかつて書いた自分史『人生はハーモニー』(宮崎日日新聞社)によると「自分史が執筆できたのはスケジュールを書き込んだ手帳を残しておいたのが役に立ったのです」とある。一方兜太師の書かれたものによると、若い頃から兵役時は除き詳細な日記と切り抜きを欠かされていないのには脱帽せざるをえない。私の場合は現役時代は「業務手帳」と仕事柄新聞の切り抜きをやっている。平成十一年帰郷に際しては加えて大学ノートの「日誌」をつけてきている。ノートは年に二冊は要るので今日四十冊近くになったが、この度執筆するに当たりざーっと読み返してみた。

勤めていた会社の役職の任期半ばで帰郷を決断、さてこれから何をするか。まずは築七十年超の旧家を建て替えること。そして「新聞の新聞をつくる」と書いている。会社人生の節目節目で体験した世の中の出来事、有り様に、よほど「腹膨るる思い」が溜まるに溜まっていたのだと思う。さりながら「さよならだけが人生だ」というのもある。帰郷後家の建て替えの段取りはつけたものの、すぐ宮崎医大に入院、検査、治療する事態になった。現役時後半から高血圧に悩まされてきたが、煙草、飲酒、過労が重なり「心房細動」を惹起し、お決まりのコースとなった次第。私は今日、その他の症状を含めて胃薬を除き日に十三種の薬で生かされている。従って「新聞の新聞をつくる」なんて大それたことは、早々とあきらめざるを得なかった。

俳句は学生時代、亡兄寛之(俳号　哲哉)から手ほどきを得たが、就職してからは、仕事と俳句を両立させることはほとんど困難であった。兄の親しい俳友で当時現代俳句協会(会長金子兜太)事務局長の要職にあった故津根元潮さんに帰郷のご挨拶に伺ったところ「よう似てはりますね。弟さんも俳句どうですか」の一言が私の長い休俳を解くことになった。なお、潮さんには兄の遺句集『時をなだめて』を編んで頂いていた。

兄への供養もあって、まともに俳句に向き合うことにした。文字通り「目当たり」次第俳句関係の雑誌や書物を漁った。先日亡くなった詩人・大岡信の『折々のうた』（岩波新書）は、俳句に限らず詩歌を理解するのに大いに役にたった。また全国レベルの俳誌の見本誌は無料につきいくつか取り寄せ吟味したが、その中に「海程」も含まれていて、これは次元が違うと一旦は敬遠している。勿論金子兜太の名は、社会性俳句、前衛俳句の旗手として承知していた。ところが私の俳句の先輩で親友の染矢良正さんが「君の句は海程向きではないか」と言ってくれたのがきっかけで「海程」に入会、投句するようになった。

また、その頃前述の潮さんから「現代俳句協会」への入会を勧められ、宮崎の同協会（会長　福富健男）の推薦を得て入会している。後日、この時のご縁で福富さんが代表だった宮崎俳句研究会（俳誌「流域」）の句座に参加することになった。

「新聞の新聞をつくる」ことが挫折したこともあって、厚かましく、「みやざきエッセイスト・クラブ」への入会を高校の大先輩である渡辺綱纜さんにお願いし、文章テストを経て平成十二年からクラブの一員にしていただくかたわら、山下道也さんの主宰する投稿誌「渾沌」に投稿したりした。山下さんは奇しくも亡兄と旧制宮中の同期であった。

また、会社の大先輩であった故山同陽一さん（旭リサーチ社長）のお勧めで、創刊早々の「日本インターネット新聞」の市民記者に採用され、「芋幹木刀」のタイトルで、平成十五年から六年間時事コラム二四八本を執筆した。まあ、このことが「新聞の新聞をつくる」公約を果たしたと言えなくもない。後日同タイトルの私家本を出している。

金子兜太師にはじめて面識を得たのは、帰郷して二年後の平成十三年十一月、大分で開かれた第三回九州地区現代俳句大会に初めて参加した時のことである。日誌を繰ってみると次のような記述がある。

「前夜祭で兜太に挨拶、哲哉を知ってたような口ぶり（注・兄は生前同協会の幹事をしていた）。私の海程への投句も承知みたい。井上信一さん（元宮銀頭取）のことはよく知っていた。二次会はフグ料理。とにかくよく食うし健啖家・82歳。糖が少し出てアルコールは控えているとか。明日の講演が楽しみ」。

「兜太の話、来てよかった。海程を選択したのは正解。染矢君に感謝。エラぶった風もなく、句作―俳句思想がよく分かり、共感した。カリスマ性あり。これで自信をもって俳句が続けられそう」。

大変な入れ込みようである。因みにこの時の兜太師の演題「今日の俳句について」のメモは今でも私の句づくりの指針になっている。

文中の井上信一さんは、兜太師の東大経済学部、日銀の先輩に当たり、私も延岡在勤時、宮崎経済同友会の活動でご一緒した間柄。井上さんはまた大変な親鸞の研究家で、後年「仏教振興財団理事長」も務められている。

兜太師とは昵懇の真栄寺我孫子住職・馬場昭道さんが書いた自分史『ちょっといい出会い』（宮崎日日新聞社）の序文の冒頭、兜太師は「昭道さんに初めて会ったのは、井上信一さんの引き合わせによる」と記されている。昭道さんは実は宮崎市江平西町にある真栄寺の出身で、兜太句碑はまず我孫子市に建てられ、後日宮崎市のお寺にも建てられた。宮崎のお寺は拙宅から歩いて十分足らず、幼少時は母に連れられてよくお参りに来た。

梅咲いて庭中に青鮫が来ている　兜太
（平成十年十二月　我孫子市）

谷間谷間に満作が咲く荒凡夫　兜太
（平成二十二年五月　宮崎市）

兜太師のことで、何と言ってもハイライトは、平成十七年七月、今日新装なった「ボタニックガーデン青島」に句碑が建ち、私も事務局の一員としてそのお手伝いをしたことであろう。発案者は兜太師と親交のあった故山下淳氏夫人の弘子さん。なお、本件に関しては、金子兜太句碑建立実行委員会（会長　福富健男）の記録誌（編集　服部修一）に詳しい。句碑は必ずやよき「俳枕」になることだろう。

ここ青島鯨吹く潮われに及ぶ　　兜太

この年私は「海程」の同人に推挙され、その記念として句集もどきの私家本『デモ・シカ俳句』―金子兜太選―を編んでいる。

私の金子兜太評を一言で言うならば「荒凡夫」。究極の自由人を意味する。「海程」の巻頭にある「古き良きものに現代を生かす」ことを体現した人だと思う。

レガシーの兜太となりぬ聖五月　　康之

# 竹尾康男

東京ショック

## 東京ショック

未だ未だ幼な気の残った数人の女子高生が団子になってお喋りをしていました。

「ショックウー、これちょっとショックウー」

「わたしもメッチャ、ショックウー」

大袈裟な表現を連発することで却って事の重大さよりも、心が未だ発達途上にあることを露呈しているみたいです。

「ショック」という言葉から私は、突発的心肺停止に対するＡＥＤなどの衝撃療法とか食べ物や薬剤に過剰反応するアナフィラキシーショックを思い浮かべて緊張感を覚えます。とは言うものの、ショックの内容は予想外のことに対する単発的驚きに過ぎないこともあれば、カルチャーショックのように自分の生活習慣や考え方の違いから受ける精神的衝撃がじわじわと長時間かけて胸を締めつけるものまで千差万別です。

私達夫婦が東京へ発ったのは平成二十八年十一月九日でした。空港が近いことは本当に有難く、少し早目に家を出ればすべてに余裕が生まれます。穏やかな光の中、空港周辺の花一杯の風景を楽しむことができました。気象状況にも恵まれて定刻に出航しました。

機窓から綿菓子のようなフワフワした雲の流れや、キラキラの海に小船が行き交う穏やかな景色を眺めるうちに、すっかり心の緊張が解けて一眠りしました。

飛行機の車輪が滑走路に着いて、ドーンと衝撃を受けてからは様子が一変しました。頭の上からは大きな手荷物が次々と降りてきますし、出口へ急ぐ人と荷物で通路は一杯です。もみくちゃになるのを避けて私達はゆっくりと後から降りることにしました。

タラップに一歩踏み出てみますと物凄い風が吹いています。それも鼻水が垂れ、身体を揺らすくらい冷たく強い風です。おまけに宮崎便はいつもそうですが、フィンガーに着けずにバスで移動させられます。その日も寒さで熱を奪われながらバスに移動しましたが、予想通りバスは人と荷物で満杯でした。

ところが、私達が乗り込むとすぐに二人の人がサッと立ち上がって席を譲ってくださいました。誰が席を譲るにふさわしいかと着席者同士がお互いの顔をうかがう光景は全然ありません。徳育がここまで行き届いているのは、さすがは日本人だと感じ入りましたが、裏を返せば一目見ただけで私達が席を譲ってやるに相応しい老いぼれ夫婦に見えたのだと思い知らされました。

冷え切った身体で空港の長い長い廊下をトボトボと歩を進めながら、東京では今日「木枯らし一号」が吹くと天気予報で報じていたのを思い出して、ポカポカ陽気の宮崎との違いを実感しました。

やっと出口に辿り着いたとき、近くのテレビに人集りがして騒然となっています。人の頭越しに見ると、何と「トランプ氏勝利確実」の文字の向うにマイクを振り回しながら大口を開いている金髪赤顔の男が画面から飛び出して来そうです。

アメリカ大統領選挙ではトランプ氏が落選するものと予想して疑わず、そうあって欲しいと願っていた私には大きなショックです。トランプ氏の選挙公約と主張が私の頭の中で渦を巻いて不安を駆り立てます。

急いでホテルに入り、選挙の詳細について知ろうとテレビをつけましたが、聞こえてくるのは英語と聞き慣れない外国語ばかりでした。このホテルは外資系ですので宿泊者のほとんどが外国人です。テレビのスイッチも横文字ばかりで表示されています。仕方なく日本語放送を諦めて英語で選挙の詳細を知ろうと努めました。

彼の突飛とも思える新政策が、もしも公約通りに実行された場合の世界的混乱は如何ばかりか、もしかしたら当のアメリカさえ衰退の途を辿り始めるのではないかと恐ろしくなりました。

私が中学生になったばかりの時に、民主主義を守るのは国民一人一人の自覚であるとして、衆愚政治と泥仕合だけは避けなければならないと教えられました。

今回のアメリカ大統領選挙の予備戦挙から本選挙が終るまでの永い永い期間、いや選挙が終ってからも相手候補を罵倒し、嘘かも知れないスキャンダルを暴露し続けているさまは、これが先進民主主義国家と賞賛されてきたアメリカという国の実態だったのかとあっけにとられました。正に衆愚政治と泥試合そのものを見た思いです。

トランプ氏の勝利は経済的愛国主義と移民排除主義から得られたものと思われますが、公約された施策全体を見ても「アメリカファースト」だけが目立ち、世界秩序の構想が見えないために世界中が当惑と混迷に陥っているようです。英国がEU離脱を決めた「ブレグジット」と一緒になって、反移民主義や孤立主義など敵対的ポピュリズムに引っ掻き回される心配があります。今までの日本はアメリカを通して世界を見て、そのままアメリカに追従してきました。もうそのような時代は終ったのだと思います。日本は自分自身の羅針盤を持って進まねばならない重大な転換点に直面していると確信します。

翌日十日は私の叙勲の日です。忙しい一日になりそうなので、朝食を早く済ませておきたいと食堂に行きました。

未だ早い方だと思っていたのですが、すでに大方のテーブルが塞がっていました。運良くありついた二人用のテーブルから広い食堂を見渡すと、スーツ姿に身を整えた人ばかり数人でテーブルを囲んで熱心に話し合いをしているグループが幾つも目に付きました。

私達のすぐ近くの席では、日本人を含めて西欧人と中国人の六名が黒スーツの正装をして食卓を囲んでいますが、どの人も社会的地位が高い人ばかりのように見てとれました。料理をあまり口にすることなく静かな話し合いが続きます。時々は強くて早い口調もあるところからして、どう見ても昨夜の会議の延長であるように思えてなりません。

「此の人達は一体何を論じ合っているのだろうね。巨額の商談とか事業の合併または買収とか、もしかしたら政治的密談かもね」

私の問い掛けに家内も勝手な推量をします。

「それこそトランプ大統領誕生後の対応に早くも追われている人達ではないかしら」

家内と二人で当てずっぽうの推量を交換し合いながら私の心の奥深い所では、日本の将来に暗い影を落すような重大事が、こんな所でこんな具合いに根回しされているのかもしれないという危惧の念が湧き上がってきます。

北海道では何千ヘクタールもの広大な美しい森と渓谷がいつの間にか外国人に買収されて、寝耳に水と驚いた村長が水資源の確保と乱開発の防止が急務であると心配顔で話していたテレビ画面が思い出され、もしかしたらこれを超える大問題が国民の知らない所で進行しているのではないかという懸念を抑えることができませんでした。

この日の叙勲は厳しい時間設定がされていますので、急いで身支度をして伝達式のある国立劇場へ行きました。頂いた勲章をつけて皇居に参内して、豊明殿で天皇陛下のお言葉を戴く運びになるのですが、それが終ると、皇居玄関で記念写真を撮って頂けるのです。

一列に並べられた椅子に叙勲者が座り、その真後ろに同伴者が立ちます。同伴者は妻または夫に限定されていますから、配偶者が現存していなければその人の場所が空白になり、虚しい記念写真になってしまいます。皇居という特別の場所での、生涯に一度あるかなしかの叙勲者夫婦記念撮影という関所で、これまでの夫婦像がチェックされているみたいです。出来上がった写真では私の真後ろに密着して立つ家内のドレス姿が輝いて見えました。

叙勲の緊張から解放されて、その翌日は銀座を散歩しました。目的は明確で二つです。先ず目指したのは、百三歳になった今でも精力的に作品づくりを続ける画家・篠田桃紅の作品展です。作品はいずれも和紙に墨と朱泥といった日本画の画材で描いた抽象画です。何条かの黒い線の中に独特の朱の線が勢いよく切り込んでいて鮮烈な印象です。小さいものでも三百万円もするのに感心しながら出口に向っている時、小さなどよめきが起こりました。緑輝くブラウスに大きな宝石のネックレスをつけた若い婦人が四百万円の絵を購入したのです。日銀総裁が放ったバズーカ砲から大量にばら撒かれたお金はこの階層の人達ばかりに流れて、庶民にはトリクルダウンというおこぼれ小銭しか降りて来ない。つまり天下の回りものである筈のお金は高い所だけにだぶついて貧富の格差が拡がり続けているのが今の新資本主義の実態であると思います。

次に向ったのは資生堂直営のレストランです。五十年前のこの店のカレーは素晴らしくて舐めるように食べたと折ある毎に家内に自慢している特別の思い出のある品です。一口食べて家内の方を見ると家内の怪訝な目とぶつかりました。私から何度も何度も聞かされていた味とは丸っきり違う味だと訴える目です。

「五十年前の味とはすっかり変ってしまっている。このくらいならお前のカレーの方がはるかに美味しいね」

苦しまぎれの言い訳をして伝票を見ると、なんと一人前が四千四百円になっています。カレー一皿でこの値段ですから隣席で伊勢エビを食べていた母娘は何万円払うのだろうか、と他人のことまで心配になりました。恰幅の良い支配人らしい人に五十年前の味と違っているのは時代のせいかと問うと支配人は答えました。

「創立七十年になりますが味も器もお店の内装も一切変えずに伝統を守っています」

外に出ると未だ昼過ぎだというのに街路には長い影が伸びていました。日本列島が逆くの字に曲った細いキュウリ型をしていて、東京が曲部の東端に位置していることを思い起こして、東京の日の入りは宮崎よりもかなり早くて当り前だと納得しました。

西銀座の方に歩を向けますと五十名くらいの男女が一団となって地べた坐りをしています。私が手にするカメラを見付けて自分達を撮れと中国語でしきりに催促しますので、仕方なく親分らしい人に的を絞って一枚だけ撮影して難を逃れました。もしも、この人達が難民で、何千人何万人とここに行列をつくって救いを求めていたらと想像してみると、今世界中で苦慮されている難民問題は極めて大きな人道的かつ政治的問題であることが痛切に感じられ、難民流入を制限している日本のあり方に思いを巡らせました。

二泊三日の私達の旅はそろそろ終りです。時間的余裕を持って羽田空港へ向いました。

私達の搭乗口はやはり遠いはずれにあり、疲れた足を引きずって行きました。しばらくすると一回、そしてまたもう一回、一言の説明もなく搭乗口が変更になり、一番遠くまで歩かされて大変でした。おまけに出発時間が一時間以上も遅れました。

なんとか宮崎空港に帰り着きヤレヤレです。この三日間は随分と歩き廻って足腰を鍛えたことになりますが、その間には足元の安定を計って手すりという手すりには全部触っていますから、手の平は雑巾のように汚れている筈です。宮崎空港には東京と違って到る所に消毒薬が設置されています。手を洗っただけでお風呂に入ったみたいに心までも爽快になりました。やっぱり宮崎が一番です。

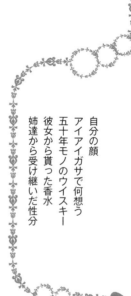

# 谷口二郎



## 自分の顔

一生で一度も見ることが出来ない顔。それが自分の顔である。現代では鏡があるので、自分の顔を見ることは出来る。しかしそれでも直接自分の顔を見ることはできない。他の動物などは、自分の顔を見ることもなく一生を終える。鏡などがまだ普及してなかった昔、自画像として描いてもらい、ようやく自分の顔がこんな顔だったのだと分かっていたのである。

さて、私も自画像を描いてもらったことがある。最初に描いてもらったのが五十二歳の時。五分ほどで出来上がった作品を見て、第一印象。「意外と顔長いんだなー」。わざと強調して描くのが似顔絵なので、その画家はまずそう思い、素直に描いてくれたのだろう。

確かに家内などは私の顔を見て「あなたの顔って本当に長いのネ。まるで馬みたい」などとのたまうのである。「顔は馬みたいかもしれないけれど、干支は丑だからね……」と言い返している。

それから七年後、五十九歳の時に他の画家に描いてもらった。それは少しおでこが広くなった自分の顔だった。こんなにおでこが広くなっているのかとちょっと驚きだった。顔の長さよりおでこの広さにどきっとしたのである。

三回目は六十五歳の誕生日。たまたま行きつけの飲屋で「それじゃ誕生日のお祝いに一枚描いてあげましょう」とハガキにさっと描いてもらった。それを見ると、前回よりさらに髪は後退してまるで『角野卓造』みたいに描いてある。「いくら何でもそりゃないでしょ」。人に見せると「おでこの所がそっくりですネ」とイヤミを言われる始末。ということはやはり似ているのだろう。

犯罪が起こった時、犯人の手掛かりとしてモンタージュを作成する。一目見ると「誰が描いたの、この下手くそな絵は！」と吹き出すようなものがある。だが指名手配の写真より、それを見た人からの通報で捕まることが多いという。

写真はそのままの顔が写されているが、似顔絵やモンタージュはその特徴が誇張されているので、実はその人そのものを描いているのだろう。自分自身を知るためには、十年おきくらいに似顔絵を描いてもらうとおもしろいかもしれない。ちなみに私が描いてもらった色紙の似顔絵は五百円であった。

## アイアイガサで何想う

娘のピアノの発表会があるというので、夫婦で出掛けることにした。数か月前から、こっそりジャズピアノを習っていて、それを知ったのはつい最近だ。何と先生は私がかつて習っていた先生だという。奇遇である。始めた頃は何かぎこちなく間違えてばかりいたが、最近は少しずつ上達して指運びもスムーズになった。

いつも小ホールみたいな所でやるのであるが、今回は先生がピアノを弾いている洒落たジャズバーで行うという。しかもピアノだけではなく、ギター、ベース、ドラムも一緒にジョイントするというから本格的である。一緒に皆と合わせることが出来るのか心配だ。何せ音楽を仲間と一緒にやる時は、上手く合わせられるかによってその演奏の価値が決まるからだ。

まあ演奏は行ってからのお楽しみ。

外へ出ると少し雲行きが怪しい。もしかしたら帰る頃には雨が降るかもしれないと傘を持って行くことにした。夫婦で一本ずつ持って行くと置く所がないと困るので、とりあえず一本だけ持って行くことにした。

店に入ると、もう座る所がないくらいに一杯で立見席となった。娘は三番目である。すぐ近くでカメラを構えた。順番が来て始まった。曲は『Ａｌｌ　ｏｆ　Ｍｅ』である。この曲はセモール・シモンズとジェラルド・マークスの曲で、一九三〇年くらいに作られた。ジャズのスタンダード中のスタンダードナンバーである。

無難なスタートだ。バックが付いているので、一人で弾いているよりずっと上手く聞こえる。かなり練習したと思われ、なかなか上手い。身びいきだとしても上手い。親バカだとしても上手い。ほとんど練習らしきものはしてなかったとしても上手い。先生の教え方が良かったとしても上手い。私の血を引き継いでいたとしても上手い。そう、上手いのオンパレード。親バカである。

子どもが生まれてからの夢、それは子どもがジャズピアノ演奏することであった。それが夢だった。それが叶ったのだ。曲が終わり、万雷の拍手。私も他の人に負けじと大きな拍手を送った。

演奏も終わり、店の外へ出たら、土砂降りの雨。パラパラくらいかと思っていたらジャージャーの雨である。これは傘を差さないとてもじゃないが外に出られない。しかし思った。傘は一本しかないのである。仕方ない。こうなれば家内とアイアイガサだ。

雨音が傘を叩き、まるで滝の中を歩いているみたいである。肩に水しぶきがかかる。家内が思わず雨に濡れまいと私の袖を引っ張る。

そういえば、こんな風にアイアイガサで歩くなんて結婚してからは初めてのことかもしれない。ふと結婚前にデートした時、よくアイアイガサで歩いたことを想い出した。

もう四十年以上も前のことである。雨がザーザー降ったおかげであのウキウキした気持ちに浸ることが出来たのだ。あの時と同じ気持ちになるなんて思いもよらなかった。娘のお蔭でアイアイガサで二人仲良く歩くことが出来た。娘に感謝、感謝の一日だった。

## 五十年モノのウイスキー

先日、片付けていたらたくさんウイスキー、ブランデーが出てきた。それは父が生前頂いたもので、もう五十年以上前のものである。

父はほとんどアルコールがダメで、飲めないと付き合いが出来ないと、毎晩小瓶のビールに挑戦していた。それも一本は飲めないので、半分飲んだら蓋をしてまた次の日に飲むのである。つまりほとんど下戸と言って良いくらいだった。だからいろいろ酒類を頂いても手を付けずにそのままになっていた。それは実家の台に山積みになっていた。それを私が譲り受け、箱に入れ棚の中に入れっぱなしになっていたのだ。ワインに年代物があるようにウイスキーにもある。バーに行くと三十年物のウイスキーやブランデーが置いてあり、目玉が飛び出るような、一杯五千円もするようなものもある。それを飲む時は、清水の舞台から飛び降りるような覚悟がいるのである。

三十年も樽で寝かしてあると、さすがに風格があり、口に含んだ瞬間何か三十年前にタイムスリップした感じがする。味だけではなく、その作られた時代の自分について振り返りたくなるのだ。

しかし、今回のものは樽の中で寝かしたものではなく、只自宅の棚に入れっぱなしになっていただけのものである。それでも瓶詰めされて既に五十年以上ものウイスキー、ブランデーなのに、五十年ものが家にはあるとホラを吹いていたのである。

その話を聞きつけ、是非欲しいと言う人が居たので譲ることにした。その人に谷口家の五十年モノはどんな味がしたか今度訊ねてみたい。

## 彼女から貰った香水

今の暑い時期、超汗搔きの私は汗臭くてたまらないので、午前中二回、午後二回アンダーシャツを替える。その時も汗びっしょりで、シャツが肌にくっつき脱ぐのも一苦労である。それを家内が嫌な顔一つせず洗ってくれる。次の日にはそれはちゃんと畳まれて引き出しに入っている。そのためシャツは二十着くらい有り、着替えることで汗臭さを防いでいるのだ。その汗の中には暑くて出る汗の他に、冷汗が混ざっているから余計に臭いのかもしれない。

そこで何とか汗臭さを無くそうと制汗剤を脇の下や汗を搔きやすい所にスプレーするのだが、出る汗が多過ぎるのか、ほとんど効き目がない。何種類も試してみたがダメだった。そこで天花粉（今で言うベビーパウダー）をおしろいみたいにパタパタするがそれも効果がない。

それなら発想転換してオーデコロンをつけてみたらどうだろう。汗を抑えるのではなく、逆に汗臭さを香りで隠そうという作戦である。

そこで引き出しに入れてあったスプレー式のオーデコロンを白衣の上から吹き付けてみた。するとと受付のスタッフから「先生、今日は良い香りがしますね」と言われた。自分では全く分からないのだが良い香りがするらしい。

「そう、これは可愛い彼女から貰ったものなの！」と自慢すると、「良いですね、彼女がいて……」

「そう、まだ二十代で、福岡に住んでいてピチピチのギャルだよ」

「先生も隅に置けない人ですね」

「まあね……」

実はこのオーデコロンは娘から父の日にプレゼントされたものだ。それを大切な日にだけ少しずつ使っていたのだ。これから暑い時期はいつも使おう。しかしこのペースでは次の父の日までには無くなるだろう。そうだ！　クリスマスプレゼントとして娘にねだろう。それまでは大切に使おうと引き出しにしまった。

# 姉達から受け継いだ性分

私には六人の姉がいる。自分では男らしい男の中の男と思っているのに、時々女らしさが出ることがあるらしい。仕草で出ることはないのだが、考え方が女らしいのだ。まず買い物が好きだ。高価な物にはあまり興味は無いのだが、週に何回も買い物に行く。先日は自分でも嫌になるくらい女らしさが出てしまった。

まず近くにある量販店。第一、三日曜日にはポイントが五倍になるのである。そのため、その日にまとめて必要なトイレットペーパー、ティッシュ、洗剤などの日用品を買うことにしている。お昼くらいに行くと、もう車を停める場所も無いくらい一杯で、レジも長い行列が出来るので、朝九時くらいには出掛ける。その時間帯にはまだ人はあまりいないが、帰る頃には車を出すのも困難なくらい車がたくさん停まっている。昼間にしか行けない時は自転車で行く。前に大きなカゴが取り付けてあり、後ろの荷台には段ボールを結わえ付けて行く。そうすればかさばる物でもかなり乗せることが出来る。しかも車を停める場所を探す心配もない。おかげでたくさんポイントが貯まり、今三千ポイント貯まっている。

近くのスーパーにも週二回くらい行く。ここでは木曜日に千円以上の買い物をすると割引券をくれる。その週末にそれを使うと五パーセント引きになるのである。だから木曜日に牛乳、卵、豆腐など千円くらいの買い物をしてその券をゲット。そして週末に肉、魚、野菜などをまとめて買うのだ。毎週それをするとかなりの節約になる。しかし時々買い過ぎて後悔することがある。

先日CDレンタルショップで買い物をしたら、近くの家電量販店の五パーセント割引券を貰った。その家電量販店はよく行く店で、早速次の日それを持って家電を購入した。その券を貰った前の日にも行っていたのでとても悔しかった。

わざわざ院長の私がそんなことをしなくてもと言う人もいるだろう。しかしそれが決して嫌なことではなく、好きなのである。やはり姉六人に幼い時から仕込まれた何かが身についているに違いない。小さい時の教えというのは本当に知らないうちに身につくものだ。それは避けようもないものらしい。死ぬまでその性分は続くことだろう。産婦人科医として、その女らしさを出せるというのは良いことなのかもしれない。

# 戸田淳子



## よかとこ物語

幼い私は祖母と二人で家の縁側に腰掛けている。祖母は「シナ」という名前で、周りの人から「おシナさん」と呼ばれていた。

その時縁側で何を話していたのか記憶にないが、突然祖母が私の手を取り「♬かごしまよかとこ、そいじゃ、そいじゃ、そいじゃ、がっついそいじゃな〜♬」と節をつけて歌い出したのである。

私はとまどいながらも祖母の手をしっかり握りしめて、大きな声で一緒に歌ったような気がする。そして「おシナばあちゃん、かごしまよかとこって、どげな所？」と聞いた。「そりゃ~良かとこよ。花の都よ！」と言った。「花の都って、どげな所だろう？」と私は思いを巡らした。そしてそこは道にたくさんの花が咲いている所だろうなと思った。

千葉に住む親友夫妻から旅の誘いを受けたのは昨年の夏の頃だった。

その頃は幾つかの雑事を抱えこんでいたので、「長い旅はできない」と伝えると「私達が九州に出向くから、それならあなたは少ない日数で済むでしょう」と嬉しい提案。

旅上手であり、旅の達人でもあるN夫妻は国内外の主な観光地はほとんど訪れていて、「九州も行っていない所は屋久島ぐらい」と言う。「それでは屋久島で決まりね」。旅好き同士の約束は、すぐに決まるところがいい。

更にN夫人から「こちらで全て旅の手配はするから、あなたは鹿児島港に来てくれればいいのよ」と神の声。

こんなありがたい言葉に異論のあろうはずはなく、大喜びで二泊三日の屋久島の旅を決めた。

十月にはN氏手作りの「屋久島の旅」の日程表が届いた。出発は十一月十六日とある。旅行するにはいい季節。空気も澄んで、宿の食事も美味しいだろうと心が弾んだ。

当日は快晴。届いた日程表に沿い、宮崎から鹿児島行きの高速バスに乗った。「鹿児島市内の天文館というバス停で市内循環バスに乗り換え、鹿児島港に行くように」とある。

鹿児島市内は人も車も多く「やはり新幹線の終着駅の町は賑やかなものだ」と、左右の街並みに見とれている間に「天文館」のアナウンス。

大きなアーケードがあり、何かのお祭りかと思うほど多くの人が溢れている。そのど真ん中でバスは止まった。目の前に大きな建物がある。それは周りの新しいビルに比べて少し黒ずんで見えたが、東京日本橋の三越デパートにそっくりである。歴史を感じさせ周りの建物を圧倒している。

「あ〜、これが山形屋本店」とひとりごとを言いながら西郷隆盛のような風格のあるビルディングをしみじみと見上げた。鹿児島山形屋の建物を見たのは初めてであった。

大勢の人の波にもまれながらようやく道路の反対側にある港行きのバス停にたどり着いた。ホッとした途端「鹿児島はたいした所だ」ふっと口をついて出た。

言った後で、あれ？　この言葉はどこかで聞いたことがある。

どこで、誰の言葉だったか？　と記憶の糸を手繰り寄せた。一本の細い記憶の糸の先が、遠い昔、都城で祖母と過ごした縁側の情景にたどり着いた。

あの縁側の日から、もう六十年以上の歳月が過ぎた。天文館でバスを降りて、目の前を行き交う人の波を見た時「花の都よ！」と言った祖母の言葉の謎が一気に解けたような気がした。そうだったのか！

祖母は当時の鹿児島の街の華やかさを言ったのではなかったろうか。

私は鹿児島港行きの循環バスが来るまでの間、まだ若々しかった祖母の姿をずっと思い浮かべていた。

さて循環バスに乗り換えた私は、十五分ほどで高速船乗り場の鹿児島港に着いた。予定通りに、N夫妻と無事に合流してお互いに元気で旅のできることを喜び合った。

百人ほどの客を乗せた高速船「トッピー号」は針路を南に向けてすさまじい勢いで一気に錦江湾を駆け抜けた。

右に左に小さい島が見え隠れして、やがて左側に大きな島だか、半島だかが、海霧の向こうに見える。

手許の地図を広げてみると、錦江湾を抜けて最初に見える大きい島は「種子島」とある。鉄砲伝来の島はこんなに近い所だったのだ。地図上の種子島は南北にほっそりした形で、どこかサツマ芋に似ていなくもない。「唐から、芋が伝わったのもこの種子島だったのかしら？」と考えている間にもトッピー号はますますスピードを上げて、南を目指した。

一時間五十分ほどで屋久島の宮之浦港に着いた。

船から一歩踏み出すと、すぐ目の前の山が覆いかぶさるように迫ってきて、十一月というのに吹く風は湿気を含んでぬっと暖かい。

港の近くでレンタカーを借りて、運転席にN氏、助手席にN夫人、私は勝手に大名を決め込んで後部座席に深々と体を沈めた。


屋久島といえば、樹齢数千年の縄文杉が有名だが、その場所は標高が高く、登るには登山用の装備が必要で、しかも宿を早朝に出なければならないらしい。今回は縄文杉を見るのは諦めてウオーキングシューズでも大丈夫という千年杉の群落「ヤクスギランド」の五十分コースを歩くことにした。

素人コースといってもそこは屋久島。一歩森に分け入ると苔に覆われた大きな岩、岩、岩。岩の周りを縦横に水が流れている。岩をよけ、倒木を踏みしめ一歩、一歩注意して歩く。足を踏み外したら軽い怪我では済むまい。足を止めて上を仰ぐと屋久杉の枝が交差して空を塞いでいる。ここはまさしく宮崎駿の「もののけ姫」の世界だ。

一時間近く森の中を歩いたら、身体の細胞の一つひとつまできれいになった気がした。なるべく多くのものを見たい三人は「屋久杉自然館」に入る。私達が館内に入るのを待っていたかのように滝のような雨が降り出した。その激しい雨は一時間過ぎてもやむ気配はない。

途方に暮れている私達を気の毒に思われたのか自然館の館長さんが「雨がやむまで話をしましょう」と言いながら椅子を寄せられた。

屋久島生まれの屋久島育ち、六十代後半だろうか。感じのいい笑顔を向けながら「昔の屋久島は経済的にはとても豊かで、私が子どもの頃は、東京から届く最新の洋服を着て、都会の子どもと変わらないほどの暮らしでした」。

江戸時代、僧侶の泊如竹《とまりじょちく》が屋久杉の質の良さに気づき、伐採して平木にすることを提案、それを薩摩藩に年貢として納めたところ、平木一俵が米一俵に換算され薩摩藩も島も大いに潤ったらしい。

「平木の加工は昭和四十五年まで続き、その間は島の人口も増えて屋久島は宝の島と呼ばれました」

まだ降り続いている雨を眺めながら館長さんは続けた。「今の屋久島は原生林のまま森を放っているわけではありません。伐り出しと植生を繰り返し、美しい森を作り出しているのです」。

人口一万三千人の方が暮らすこの島は、現在観光業と農業が暮らしを支えている。「世界遺産を護るのも大事、観光産業を進めるのも大事、なかなか難しいものがあります」。長い雨のおかげで貴重なお話を聞くことができた。

三日間たっぷりの森林浴をした私達は自分へのお土産と言いつつ、屋久島産の焼酎と干し魚を手に、また帰りの高速船に乗り込んだ。帰りの船内で「足腰が丈夫なうちに次はどこに行く?」ともう次の旅へと気持ちが弾む。トッピー号のスピードが速過ぎて次への答えが出ないまま鹿児島港に着いてしまった。

その日のうちにN夫妻は空路で東京へ、私は宮崎への高速バスに乗った。

帰りのバスに揺られながらまた、縁側の日のことを思った。おしゃれで新しいことが好きだった祖母はいつか華やかな鹿児島の街を歩いてみたいと思っていたのだろう。

江戸時代から経済的に豊かだった薩摩。その流れで明治を迎えた鹿児島は九州でも一、二を競う繁栄を誇ったことは山形屋の歴史にも鹿児島市電の歴史にも見ることができる。

そんな鹿児島の様子は、そこに行かずとも時折都城の自宅を訪れる富山の薬売りや、さまざまな行商人から聞き知っていたと思われる。

明治十五年生まれの祖母は鹿児島の近代化と時を同じくして成長した。嫁に行き、子どもを生み、孫ができてもその当時の女性はよほどのことでもなければ隣県に行くことさえ叶わなかったのだろう。

花の都への想いは募るばかり。時折思い出しては孫の手を取り、憧れる思いを歌にして自分の気持ちを鎮めていたのではなかろうか。

一度も花の都を見ることのないまま、あの縁側の日から三十年ほど後の昭和五十四年におシナばあちゃんは九十九歳の生涯を閉じた。

バスの窓に流れる山々を見ながら「かごしまよかとこ、そいじゃ、そいじゃ、そいじゃ……」と小さく歌ってみた。

歌っていたら私の胸の中に温かいものが溢れてきた。それは、六十年以上の時を経て自分の代わりに「花の都」を見ることができた孫への喜びの涙だったのかも知れない。天文館でバスを乗り換えなければ私は縁側の日のことは生涯思い出すことはなかっただろう。循環バスを待つ間に突然「かごしまよかとこ♪」のメロディーが聞こえてきた不思議な体験は祖母から私への贈り物だったのだと思う。

長い間、ふるさとを離れていたけれどその間もずっと私はご先祖さまの手のひらの上に居たことに気がついた。

ふるさとというのは、大きな力でその人を抱擁しているのだということを今回の旅は私に教えてくれた。

中村　浩

見果てぬ夢

# 見果てぬ夢

六月になったある日、藤沢周平の本を読んでいた。私は時折、読み終った最後のページに、その日時を書き込む癖《くせ》がある。その本も三度目の記入となった。

そしてその末尾のページに一片のレシートが挿《はさ》んであった。何の変哲もない、どこの店でもくれるレシートで、日焼けしたように赤じみて少し変色していた。

（書誌名『紺碧《こんぺき》の果《は》てを見よ』著者名須賀しのぶ　新潮社　価格二三〇〇円……）

高千穂通りの蔦屋《つたや》書店のレシートで、末尾の日付は二〇一五年四月十三日時刻11：37となっている。

そのレシートを手にとって眺めているうちに、わずかな記憶が甦《よみがえ》ってきた。本屋の書架から手にとって、ページを捲《めく》ったときふと、(戦記ものか、それに女性が……)と思いつつ、書架に戻したような記憶が、ちらりとあたまのなかを過《よぎ》った。

買ってたのか?……、だが読んでいない!! そんな思いで、読んだことの記憶のかけらも憶い出さないことに、ある種の途惑《とまど》いを感じながら、机の左側の本棚をみあげた。

買ってきてそのままにしておくほど、余裕のある日々の暮しでもない。

書評でみるか、広告をみて、本屋に立ち寄った時、買い求めるという、極めて普通の本屋のぞきのひとりである。

私の机のある場所は、寝室を改造した時、南側の縁側を倍の面積に増築し、南側の窓も幅の広いサッシに取り替え、約四帖ほどの〝小さな書斎〟にした。

そしてこの小部屋をつくった大工さんに、作りつけの本棚もつけてもらったのが大失敗で、奥行きのふかい四十センチも幅のある棚になっており、結局背の高い本を奥に、その前に小型の新書版を並べるという前後二重になる本棚になってしまった。

その三段目の前列の新書版を五、六冊取り除いたとき、その後《うしろ》に現れたのが(『翔《と》べフェニックス　見果てぬ夢の彼方へ』渡辺綱纜 著)で、ぬきんでて背の高い大判(A5判)が顔を出していた。

私は自然にその本を手に取った。集められている短編・エッセイは大半どこかで読んだことのあるものか、私も知っている宮崎の事柄や、多くの人たちとの交友のことなどが「つなとも調」の叙述で、平明に観光を語り、交友のあった人の姿をとらえ、そして必ず仕事・人生の師である岩切章太郎翁にゆきついている。

私や、私の仕事のことについても六編にわたって紹介をいただいているが、そのなかに大宮高校新聞部専属の楽団「青い鳥」のことがあった（三三六ページ）。

当時（昭和二十四年）、渡辺さんは大宮高校三年生、私は妻高校の一年生だった。

部員は男子四名、女子二名、大宮高校の新聞部が手本だった。部室は白蟻被害で、取り壊される予定の旧制妻中学の校舎の地下室で、そこはかつて守衛室だった。雨が降ると当然のようにその地下室にまで雨が届いていた。

県下高校新聞部連盟を、渡辺さんが主導していたことから、専属楽団「青い鳥」巡業の受け入れの相談をうけ、私がその（興業）を担当した。渡辺さんは入場料を二十円と記録しているが、私は十円にした記憶がある。

当時妻の街《まち》で映画館は一館のみ、『青い山脈』なども学生割引で三十円ぐらいだったと思う。そんな時代に、生徒のみのバンドで、二十円は高過ぎると私は十円で押し切った記憶がある。空襲で全焼した全校舎の復興資金という呼びかけに、素朴な田舎町の高校生たちは、素直に受け入れてくれた。

自分たちの二階建ての校舎も、軍の接収は解除されたものの、白蟻被害で倒壊の恐れありとして全校舎が閉鎖され、寄宿舎を改造した狭い教室に押し込められているなか、大宮高校の〝学園復興資金〟稼ぎに、素朴に快く新聞部の呼びかけに協力したのだった。

会場になる講堂は残っていたものの、椅子などはなく全員が床に坐っての会場だった。高校生のみのアマチュアバンドとは言え、ピアノ、アコーディオン、ギター、ドラムを揃え、ステージで演奏する大宮高校の「青い鳥」。演奏者は紛《まぎ》れもなく高校生たちだった。

その私たちと同類の高校生たちが、バンドを組んで他校を廻り、自分たちの学園の復興資金稼ぎをするという。

その発想、企画、そして実行していることに、私は完全に脱帽した。

大宮高校は県庁所在地である宮崎市の、いわゆる〝まち場〟の同じ高校、こちらは田舎町の高校に、集辺の村々から集まってきた〝田舎の高校〟。その男女の高校生たちに与えた文化的ショックは大きく、その後まもなく「妻高演劇部」が創部し、県演劇コンクールに出場して優勝。その時の大会出場の劇団部員たちのなかから、卒業時に東大、九大など国立大学への合格者が多数輩出し、その後現在に至るまで、県下で伝統校として有名になっているとのこと。

『翔べフェニックス』のページを捲《めく》りながら、もう巻末に近く（こどものくに）にゆきついた。

「宮崎に春を告げるフラワーフェスタが、今年から会場をこどものくにへ移すことになりました。そのニュースを聞いて、私はすっかりうれしくなりました」（三五九ページ）

つづいて、もともと「こどものくに」で実施されていたフラワーショーは、その後、県が平和台公園で大々的に行い、さらに県総合運動公園に会場が移ったこと、それがこの年（平成七年）〝こどものくに〟に会場が帰ってくることを、岩切章太郎翁の十回目の命日にあわせバスガイドの（花娘）、そして（南国宮崎）（花の宮崎）（匂いの宮崎）への岩切さんの情熱が語られている。

私はページの上に文鎮をのせ、机の前の窓ガラス越しに、先週シルバーセンターのいつもの人たちと、一緒に剪定した植木を眺めた。「あれは……、昭和何年だったかなあー」、手帳の裏の年次表をみながら四十三、四年頃かなと思いつつ、銀行出身の専務から命じられるまま、神田橋ホテルの会議場に向ったことを憶い出した。その観光協会の懇談会は、（フラワーショーについて）だったと記憶している。

観光協会の会長は宮崎銀行頭取の増田吉郎氏（故人）で、県は木宮観光課長（故人）が出席していた。出席者はほとんどが旅館の社長か支配人たちで、議長役の増田さんは持ち前の温顔をほころばせながら、

「……、どうぞご自由に、どんなご意見でも……」と。

わたしは増田さんはよく存じあげていたが、正面の席におられる木宮課長とは初対面だった。

始まってしばらく、顔を見合わせるだけで発言する人はいなかった。

私はおそるおそる手を挙げた。増田さんにうながされて、

「ホテル・フェニックスの中村と申します。新参者です。平和台のフラワーショーしか知らないのですが、コンクリートの上に花を並べて花壇をつくるフラワーショーは少しおかしいんじゃないですか……。私なら大淀川の両岸の堤防に桜を植えるんです。十年もたてば花は咲きます。

両岸に早咲きから遅咲きの桜を植えれば、まず一か月は楽しめます。そして上流へと毎年植え増したら……」

そのあたりで私は気がついた。正面の席にいる木宮課長の表情が、私を見据《す》えるようにし

て、目が険《けわ》しかった。

課長の横にいる司会役の増田さんが、

「まあー中村さん、そのお話はあとで……」と、私のあとの発言を遮《さえぎ》ったとき、同時に木宮課長は努気《どき》をふくんだような表情をあらわに、私を見据えた。

「今日はそんな話で集まってもらってるんじゃない！　会場をどこにするかだ！　何も知らん人が勝手なことを言うな！」

会議は冒頭から気まずい空気が漂った。

「議長が自由にご意見をということだったので申し上げたまでです！」

私も多少、語気を強くして返した憶えがある。

そのあと、二、三の応酬があったように思うが、徳川吉宗が墨田川に桜を植え、人を花見に集めれば堤防が足で固められることを図ったことを引き合いに出しながら、

「……、桜の根元に秋に咲く低木を植えれば、春と秋に二回フラワーショーが開けると思いますが……」

と、多少思いつきの気《け》はあったが、一言《ひとこと》さいごに申し添えた。

木宮課長は「建設省から許可が出ないと堤防には植えられないので先ず望みはない」とこの話し合いを終了させた。会議は多少、気まずい空気もあったが、増田さんのいつものとり

なしで、一応終了した。

その後、私は住吉グリーンランドの建設のなかに埋没し、木宮課長は他の部長職に昇進されて、おつきあいは断たれたままだった。

数年後、外廻りの営業課長が、

「木宮さんという方、ご存じですか……」

「……」

「県のご出身で、全国的組織の保険協会で宮崎の常務理事さんです。いつも会議などぜんぶフェニックスを指名で、こんど全国の会議をもらえそうです。そして今日、中村さんは元気かと聞かれるんですよ……」

木宮さんは、県をご退職後、その協会の常務理事になられ、全国大会の誘致を図り、宮崎国際会議場（サンホテル）の発展に大きなご支援をいただいた。

その会議場も今はない。あのサンホテルの広いガラス越しに眺めた松の樹海と、その先に拡がる紺碧の海原を思い、大淀川の両岸に並ぶ桜の列が、街《まち》なかから上流へとさかのぼる風景を想い描いてみる。

古いレシートの「紺碧の果てを見よ」は、まだみつけていない。どこか私の部屋のなかか、奥行きのふかい本棚のなかで、私を待ってくれているのだろう。

# 野田一穂

熟年ロケンロール

## 熟年ロケンロール

ジャン！

最初の音が鳴った時、体を電気が流れた。「レッド・ツェッペリンだ！」

その日私は、知り合いのMさんがオープニング・アクトをつとめるというライブに行っていた。Mさんは透き通った声に可憐な容姿のお嬢さんで、会場のスナックには彼女の追っかけらしい若い人達が多く、どう見ても彼らのＰＴＡ世代の友人と私の二人は、用意してもらった最前列の席でいささか居心地の悪い思いをしていた。この日のメインアーティストは、いろいろなバンド、特にB'zのバックバンドに参加していた、という触れ込みの関将さんというロックギタリストで、名前も演奏もそれまで聞いたことのない人だった。オープニングアクトが終わると、ゆったりした様子で関将さんが登場した。少しウェーブのかかった長髪、穴のあいたジーンズに無造作に着たTシャツ。

私達「往年の」ロックファンにとってはとてもなじみのある風情だ。

おや、意外に年が行ってるぞ。もしかしたら私達の年代に近いのかも。

年代だけではなく何となく近い匂いがした。それは私が若い頃夢中になったロックというものにつきものの何とは言えない胡散臭さだった。今の若い世代には全く理解できないだろうが、男性が髪を伸ばしている、ということ自体が社会への反抗の旗印だった時代。世界中を熱狂させたバンド、レッド・ツェッペリンが初来日した時に、インタビューで「なぜ髪を伸ばしているのですか」と大真面目に聞かれたことが長く語り草になったが、今の若者はその質問自体の意味がわからないに違いない。

体制や常識、そんなものは捨ててしまえ。権威なんてくそ喰らえ。

猥雑で時には暴力的な、それゆえすさまじいエネルギーを持つ音の塊。いわゆるご正道でない胡散臭さが確かにあの頃のロックにはあった。そんなことをぼんやりと思っていると、関将さんがいきなりギターをかき鳴らした。

鳥肌が立った。

本物だ。

延岡のイメージを即興で演奏し、オリジナルを含めて数曲、次々と繰り出される音とリズムが体の中を駆けめぐる。

休憩の時間に外に出ると関将さんがひとり煙草をふかしていた。思わず近寄って声をかけた。

「レッド・ツェッペリン好きでしょ」

まあ、いい年をして何と失礼な物言いであることか。すると、

「俺、四分間だけだけど、ジミー・ペイジと話したことがありますよ」

と返ってきた。

ジミー・ペイジは世界中を熱狂させた伝説のロックバンド、レッド・ツェッペリンのギタリストだ。彼のツインギターが奏でる「天国への階段」はいまだに多くの人に愛され続けている。

その瞬間、私はこの人の弾く「天国への階段」が聞きたいと思った。数え切れないアーテ

イストたちがカバーしてきた、レッド・ツェッペリンの名曲をこの人が弾くのを聞いてみたいと思ったのだ。

興奮さめやらぬまま私はMさんに、ライブを堪能したこと、こんなすごいアーティストに出会わせてくれたことへのお礼などのメッセージを送り、その中にツェッペリンを思い出したこと、できることなら彼の「天国への階段」を聴いてみたいものだというようなことを書き添えた。後で思えばそれは自分で思うよりはるかに熱烈な文章だったようだ。

数日後、Mさんからの電話に腰を抜かしそうになった。

「関将さん、来てくれるそうです、ZEP（ツェッペリンの略称）やるならボーカルも連れて来るって。ライブやりましょう、野田さん主催で」

私が？　ライブ？　普段ほとんど足を運ばないようなバーをかねたライブハウスで？

後になって友人から、引っかかるのはそこだったのかと笑われた。ライブをする、ということがまず頭にあり、自分が主催でということをすっかり見落としていたのだ。もともと分野は違うが数々のイベントを主催してきているので、主催という言葉に慣れっこになっているのかもしれない。

齢五十もはるかに過ぎれば、子育ての仲間よりも自分の趣味の仲間が圧倒的に多くなる。そして趣味の仲間の良いところは、年齢も職業も多岐にわたる、というところだ。

私はすぐに趣味の俳句の友人にその話をした。

「面白そう、乗った!」

即答である。その友人はレコードからCDまですべて持っている筋金入りのビートルズファンだが、アーティストは問わず、どこのライブ会場にも飛んで行き誰よりエネルギッシュに踊りまくるロック愛好家だ。

「やりましょう。前座もお手伝いします」

こう答えたのは、薬剤師で、私の主宰する読書会のメンバーでもある友人。自宅に数千枚のCDを持ち、DJとして数々の野外ライブにも出演してきた。読書会のメンバーは他にもピアノの先生、シャンソンの先生、アマチュアバンドを組んでいる歯科医師などもいて、そもそも音楽好き、ロック好きがそろっている。最初はどうしようかという相談のはずだったのだが、電話やメールでやり取りをしているうちに、気が付いたら具体的な役割分担まで出来上がっていた。

私には悪い病気がある。素晴らしい講演や演奏などを「仲間と聴きたい」と思ってしまうのだ。私は二十年ほど読み聞かせや語りの活動をしていて、その情報交換、研鑽の場として「まほうのつえ」という会を主催している。ちょうどその前の年に市からの助成金をいただいて、三年間にわたっての講演会やそれに伴う勉強会、関連イベントを終えたばかりだった。

いずれも講演会の性質にしたがって、六十名から二百名の参加者を動員している。講師に連絡を取り、必要ならば直接会いに行って交渉し、「まほうのつえ」やボランティアで「おはなし会」に行っている保育園や小中学校で紹介する。その会その会ごとのユニット形式でスタッフをお願いする。結局それぞれもいろんな場所で場数を踏んでいる一騎当千の友人たちの協力で何とかいつも成功するのだが、途中「一人ででかけて聞いてくればどんなに気楽で身軽だったか」と毎回思う。そして終わった後は楽しくて嬉しくてまた次にとりかかってしまうのだ。回を重ねるうちに、この病気に感染した仲間が増えて、いつも手をさしのべてくれるようになっている。

関将さんのギターは、一段落ついてほっとしていた私の病気をまた顕現させてしまったのだ。

初めてのライブに向けての準備が始まった。フィールドが違うとやり方もまるで違う。講演会などには講師が定まってから一年がかりで準備のための勉強会や集まりをするが、今回は日程が決まると同時にフライヤーを作り、声掛けを始めた。ライブまで二か月もない。アーティストや機材、会場費を捻出するためには最低五十名は集客がほしい、と言われた。

私がそうだったように、関将さんを知らない人が圧倒的に多い。一度聴いてもらえばきっと満足してもらえるのだが、そこまでが難しい。フライヤーを貼ってもらいチケットを預かってもらうために、スナックやバーに足を運んだ。もともとそれほど飲みに出るわけではない私にとって、これがなかなか苦行だった。数少ない行きつけでもなかなか言い出せない。何度か通ってようやく切り出す。お願いしたところはどこも快く預かってくれたものの絶対数が足りない。

フェイスブックでイベントページを作り、これはと思う人にメッセージを出す。何もかもが勝手が違ってとまどうことばかりだった。それでも同じフェイスブックをやっている友人はこれはと思う人一人ひとりにメッセージを送ってくれていた。「あなたの企画だからきっと面白いわね」と言って俳句の先輩方が他のお仲間を誘ってくれた。宮崎から車を飛ばして来てくれる人も出て来た。短い期間だったが、今回もこれまでのイベントのように、手をさしのべてくれた友人達のおかげで目標はクリアできたのだった。

迎えたライブ当日。

宮崎からわざわざ足を運んでくれる友人のために、私の知らないうちに、俳句仲間が勝手に仕出しを取って席を確保し（バーなのにもかかわらず軽々とそうしたことをやれてしまう押しの強さが若者と違うところだ）、さらに年長のメンバーには余裕を持って座れるよう位置を工夫し、準備万端の構えで開演を待ち受けていた。開場時間きっちりに全員集合するあたりも、余裕をもって行動することが身についた年の功である。お互いを思いやりながらの、まさしく熟年助け合いライブの相を呈していて、これがまた独特の親密な感じを醸し出していた。

そして関将さんのギターが響き渡った瞬間、皆総立ちになった。次々と繰り出されるツェッペリンの名曲に合わせて、ある人は拳を突き上げ、ある人は踊り、それぞれ思い思いに体を揺らして音に身をまかせている。関将さんがツェッペリンをやるならと連れて来たヴォーカリストもさすがのパフォーマンスで会場を沸かせる。皆一気に若かりし頃に戻って目をきらきらさせている。

「昔に戻ったみたいだった」

「最高だった」

まだ興奮の余韻が残る中、頰を紅潮させながら、それぞれがぶんぶんと力いっぱい握手して帰って行った。

ああ、やはりやって良かった。この笑顔、この声が、ここまでの不安や気苦労をすっかり吹き飛ばし、嬉しさだけが体を満たす。

最高だね！　熟年ロケンロール！

# 福田稔

笑顔
拍手

## 笑顔

初めて大学院の入試を受けたときのことである。専門分野と第二外国語の試験の後に、面接があった。

受験生の控え室にいると、一人ずつ名前が呼ばれて、面接の部屋に案内される。そして、私の順番となった。

案内係の男性の後に続いて行き、ある小さな部屋に入った。そこには三人の先生がおられた。真ん中には学会の重鎮として著名な先生。その左右には愛弟子であり、やはり学会で活躍中の先生がいらっしゃった。それぞれの先生のご著書を熟読していた私は、間近でしかも三人同時にお会いすることになり、緊張は一気に高まった。もう何を話したのか覚えていない。

ただ、面接を終えて部屋を出たとき、ホッと息をする間も無く、なぜか笑い声が聞こえてきた。厳粛な入試の雰囲気とは相容れない、笑いという行為。私は妙な気分で控え室に荷物を取りに戻った。そこで、先ほどの案内係の男性と別の係員との話し声が耳に入った。ああ、なんということだろう。緊張のあまり、私は面接が終わって、あの部屋を出て行くとき、ドアをノックして出たのであった。その突拍子もない行動に、部屋におられた先生たちは大笑いされたのだった。

結局、その大学院とはご縁がなかった。ただ、その数年後には研究会などで、特に左右におられた先生方とお会いする機会を得た。

この苦い経験を無駄にしないよう、私は心を引き締めて別の大学院の入試に臨んだ。試験会場での私の座席は一番前だった。試験監督が直ぐ近くにいたので、あまり意識しないよう、そして何よりも緊張しないよう努めた。しかし、人の性質は直ぐには変えられないものである。

まず、第二外国語のドイツ語の試験は、辞書を使うことができたし、何より問題文と似た文章を読んだ記憶があったので、スラスラ解けたような気がした。気分を良くして、専門分野の論述問題を解いていたときである。うまく答えが書けているはずなのに、私はどこかしっくりこない感じを持ち続けていた。

試験時間が半ばを過ぎた頃である。近くから監督者の話し声が聞こえてきた。気づくと、私の机の直ぐそばで二人の監督者が話していたのだ。

「この人ね、生成文法の漢字を間違えてはるわ。逆に書いてる」

その言葉に私はハッとした。実は、答案に「生成文法」と書くべきところを「成生文法」と書いていたからだ。私の専門分野では必須の用語であり、受験生としては決して犯してならないミスである。ずっと抱き続けていた「どこかしっくりこない感じ」とはこの「漢字」のことだったのである。

私は慌てて訂正したが、恥ずかしさのあまり、顔を上げてその監督者の方を見ることができなかった。ただ、もし間違ったまま答案を提出していたら、その後の面接で手厳しく指摘されただろうし、果たして合格していたかどうか。恥ずかしい気持ちと同時に、その監督者には心の中で感謝した。

それにしても、あれは単なる立ち話だったのだろうか？　そもそも試験中に監督者が受験生に助け舟を出すことなど、あり得ないはずであるが……。

そして問題の面接となった。意識して落ち着こうとするが、どうしても先ほどの失敗が頭から離れない。

面接の部屋に案内されると、やはり三名の先生が座っておられた。こちらも学会で著名な先生方だ。ゆっくりとした口調の先生の質問に続いて、どこかで聞いたことのある声で、「君はなんでうちの大学院を受験したんですか?」と尋ねられた。

あ! さっきの監督者の声だ。ああ、なんということ。この先生だったのである。

再び私の緊張は一気に高まった。私はトンチンカンな答えをしたようで、その先生は、「よーわからん。九州から東に向かって移動してたら、ちょうどいい具合にうちがあったので受けたんかい?」と笑顔で言われた。その言葉に他の先生たちも笑われた。

ただ、その笑顔に私は救われた。なんとも温かい笑顔だったからである。私は受け入れられている。そう感じた瞬間だった。そして、自然に私も笑顔になっているような気がした。

私は気を取り直して、答えることができた。これがきっかけで、その後の面接はうまくいったと感じた。

他にも合格したところはあったが、結果的には、その大学院にお世話になることにした。今振り返ると良い選択だったと思う。

あれから三十数年が過ぎ、今では私が受験生と向かい合って面接をしている。彼らの緊張した心を解し、うまく答えを引き出せているだろうか。面接の度に私のほうが試されている気がする。うまく笑顔が使えたらなあ。面接の準備をしながら、「受け入れられている」と感じたあの面接の一場面が思い起こされる。

## 拍手

最後の授業が終わるとき、学生たちは感謝の気持ちを込めて教師に拍手を贈る。私がアメリカの大学に留学していた時に何度も目にした光景である。

ベテランの教師になると、授業内容を総括し、学術的な意義や位置づけについて熱く語って話を締めくくり、学生たちを見渡して笑みを浮かべる。学生に拍手をするタイミングを伝える見事な技だった。

この拍手は感謝の度合いが反映するので、講義への満足度が高い場合にはスタンディング・オベーションをする学生もいる。これとは逆に、（私が出ていた授業では経験が無いが）内容に満足できない授業だと学生たちの拍手は小さく、直ぐに終わるという。教師としては嬉しくもあり緊張もする一瞬だ。

アメリカの大学では学期末の週に、あちらこちらの教室から聞こえてきた拍手の音。だが、日本の大学で聞いたことは一度も無い。これは単なる習慣の違いなのだと長らく思っていたが、最近、それだけでは埋められない溝のようなものがあると感じるようになった。

戦後、日本の大学はアメリカの制度を理想として手本にしてきた。その傾倒の度合いは年々強まるばかりだ。学生による教員の授業評価だけでなく、第三者機関による大学の認証評価も義務付けられるようになった。科学研究費などの競争的資金をどれだけ教員が得ているかも大学の評価となる。経済誌等でも偏差値以外の基準で大学を採点し、番付を作る特集が組まれるようになった。そこへ法人化が加わると、会議や書類作成の量が一気に増える。その結果、何かを削って授業の準備と研究をすることになる。気づくと、学生と雑談をする暇がないほど忙しくなっていた。

良くなった面も多くあることは事実である。だが、教育と研究の質を高めるはずの制度が、その目標達成に向かってきちんと機能しているか甚だ疑わしい。研究会の仲間たちに話してみても、皆同感である。なのに、この流れに逆らうことはもうできない。

このようにモヤモヤとしていたとき、英語の諺が目に止まった。

Plowing the field and forgetting the seeds.

意味は「畑を耕して種まきを忘れる」で、正に「仏作って魂入れず」の英語版である。戦後半世紀以上をかけて立派な畑（つまり制度）は作った。確かに、そのお陰で、日本の大学は畑の形は国際的な水準に近づいたのかもしれない。では、畑の耕し方は十分だろうか、種まきは忘れていないだろうか。私はそうと感じ始めたのである。

初めて私が留学したイリノイ大学は人口が約十二万（宮崎市の三分の二）の田舎町にあるが、教員と卒業生のノーベル賞受賞者が二十数名いる。二度目の留学で学んだハーバード大学はその三倍である。これらの大学は国際的な水準を満たそうと喘いでいる大学ではない。世界のトップであり続ける大学であり、世界にその水準を示す大学である。そして、学術研究だけでなく、それに臨む姿勢にも実に厳しい大学であった。しかもそれが当然のこととして受け入れられていた。大学という場にいる誰にも真摯な態度が求められ、知の先人への敬意は惜しみなく払う精神的な風土があった。

土壌が豊かになれば、いつか豊かな実が生《な》る。日本の教育界においても心を耕すことは重要だと論じられていた時があったはず。しかし、今の高等教育界では、制度と数字という見えることばかりが話題となる。

今年も夏休み前の最後の授業が終わった。

私は授業評価のアンケート用紙を学生に配り、急いでラーフル（黒板消し）で板書を消して、残った配布物をバッグに入れる。教員の存在が評価に影響しないよう、アンケート用紙を配布したら直ぐに教室を出て行く決まりになっている。

大学教員として一つの仕事を終えた満足感と、その満足感ではどうしても埋めることができない隙間を感じながら、アンケートに無言で回答をする学生たちを残し、私は静かな教室を慌ただしく出たのであった。

# 丸山康幸

一九七三年〜一九七六年

## 一九七三年〜一九七六年

彼女は静岡県蒲原町、私は東京都世田谷区で一九五二年に五日違いで生まれた。彼女は高校時代にAFSという当時の文部省が管轄する交換留学制度でアメリカのコネチカット州、ライモンホール・ハイスクールで一年過ごした。そのために日米合わせて高校を卒業するまで四年間かかり、大学では私が一学年先輩になった。

彼女は学校の敷地内に建っている寮に入寮を希望していた。私は入寮する学生を選ぶ寮委員だったので申込書を読む機会があった。小さな証明写真が貼ってあった。整った白い歯並びと正面を見据えて微笑む表情が可愛らしく印象的だったが、彼女への関心はそれ以上は湧かなかった。「高松宮杯全国英語弁論大会」に静岡県代表で登壇したらしい。入寮は許可された。

寮は学内の敷地に新築されたばかりで、当時としては珍しく男女どちらでも入寮できた。しかし実際には百人以上の寮生は男子学生ばかりで、当初女子学生の入寮希望者は彼女を含めて二人しか居らず北側の棟の端っこの部屋があてがわれた。風呂は男子学生と二人の女子学生が隔日交代で使った。彼女たちは寮食は食堂でなく部屋に持ち帰って食べていたらしい。

私たちは同じ寮で過ごしていても直接話すことはなかった。それは私が運動部に属していて週に六日、長時間グラウンドでボールを追いかけるばかりで、ほとんど授業に出席していなかったことが原因だった。それにどの教室も狭くて薄暗く、笑う声もなかった。私は、世界はきっと教室よりも圧倒的に広いに違いないと信じていた。グラウンドで過ごす以外の余った時間は図書館に籠もって手当たり次第に小説を読み、ヨーロッパにヒッチハイクでいけるだけのお金を稼ぐためにアルバイトを掛け持ちした。学問に真面目に立ち向かわない放漫な生活を送っていた。

私は三年生の時に興味本意で大学祭のパンフレットを作成する編集責任者になった。彼女もそのパンフレット作成の委員として一緒に仕事をしたが、互いに異性としては意識しなかった。二人とも別に付き合っている相手がいた。ある日練習後にチームの仲間と学校のそばにあった「藤の木」というトンカツ屋で夕食をした。私はいつものように一番安いロースカツ定食の大盛りと生卵を注文した。食べ終わると隣のテーブルに彼女が独りで、やはりカツ定食を食べているのに気がついた。お皿にぽつんとカツが一切れ残っていた。私が躊躇なく「そのカツちょうだい」と頼んだら彼女は笑いながらそれをくれた。

四年生になった時に、ディズニーランドを浦安に招致するための事業計画書を英訳するアルバイトを請け負った。私は英語は嫌いではなかったが、翻訳に必要な英語力は持ち合わせていなかった。事業計画書はとても分厚くて、私だけではとても期日に間に合いそうにない。そこで彼女の手を借りることにした。

彼女はアメリカで高校生活を送った上に、大学でも同時通訳の勉強のために四谷の「日米英会話学院」にも通っていて、頼りになりそうだった。期待通りにきちんとした下訳をした上に、彼女の友人のアメリカ人留学生のダンも仲間に誘ってくれた。私といえば早くお金が欲しかったので雑駁な英訳を彼女とダンに渡しては添削してもらった。彼女とダンのおかげでウォルトディズニー社への英文の事業計画書は出来上がり、発注してくれた調査会社は、事業主体として名乗り出ていた浦安のオリエンタルランド（三井不動産と京成電鉄の共同出資会社）に期日内に納品できた。

彼女と一緒に神田にあった調査会社に行って、アルバイト料の交渉をした。その結果当時としてはかなりの金額を受け取った。十二万円。もちろん現金だ。

ダンの取り分を先ず引いて、残りのお金を彼女と分けた。彼女は私が調査会社に提示した金額の大きさに驚いて、「あんな法外な金額を要求できるのが信じられない」と呆れていた。その足で一緒に東上野のオートバイの中古バッタ屋街に行って、私はアルバイト料四万円全額を叩いて、欲しかったホンダの青色の「ダックス」を買った。彼女はその時のアルバイト料を何に遣ったのだろう。

翻訳のアルバイトがきっかけになって彼女と話すようになった。彼女は社会心理学者として脚光を浴びていた南博教授のゼミナールで「共同体・コミュニティ」について勉強をしていた。「ゲゼルシャフトとかゲマインシャフト等の概念を読み解いて人と人がどのように結びつく社会になるべきか」と勉強の内容を一生懸命に説明してくれるが私にはさっぱり分からなかった。彼女の勉強グループは総勢三人で、原書のままの社会学のテキストを章ごとにコピーして青や赤のビニールの表紙を付け、ホチキスで止め、手作りの小冊子にして読んでいた。そのような真剣なテキスト作りが、私には別世界のことのように思えた。

私は四年間を丸々運動部と図書館での濫読と旅に費やし、就職の活動はしなかった。同級生は銀行員、商社マンや公務員になったが、私には会社に就職する気持ちが全く湧かなかった。高校時代に読んだ報道写真家、ロバート・キャパの著書『ちょっとピンボケ』に強い影響を受けていたので、なんとかジャーナリスト、それも報道写真家になれないかボンヤリと考えていた。私はキャパのようにプロの写真家になろうと写真専門学校に通いたかったが学費が高くて叶わなかった。きっかけを掴もうと、大学祭で知り合ったオランダ人のジャーナリストに誘われて日本の政治家のインタビューに立ち会ったり、当時斬新な語り口で注目され始めていた田原総一朗氏に友人が会う際に、それにくっついていったりした。でも具体的にジャーナリストになる方策は皆目見当がつかなかった。苦し紛れに卒業前の二月に共同通信社と文藝春秋社を受験したが、どちらも不合格だった。

躊躇しているうちに社会学部を卒業しなければならなくなった。仕事が決まっていなかったので、逃げるように経済学部に学士入学をしてもう二年大学に残ることにした。学士入学の試験は形式的な面接だけで希望者全員が合格した。私は報道写真家への道を曖昧にしたまま、今度は外交官を目指す経済学部のゼミに懇願して入れてもらったが、すぐに試験勉強を放棄し、覚えたての将棋に熱中するばかりで、相変わらず地に足がつかない生活を送っていた。

ある日、図書館の窓からキャンパスを見下ろしていると、彼女が自転車を重そうに抱えて、休み休みのろのろ歩いているのを発見した。私は駆けよって彼女の自転車を担いで、大学前の大きな通りを渡り、彼女が住む女子寮まで付き添った。「自転車の鍵を忘れたので」という彼女の説明を聞いて、「まず寮に戻って鍵をとって、自転車の所に戻りそれを漕いで寮に帰った方が明らかに楽だし早いのに、不思議なことをするな」と思った。その時の彼女の寮は学部の三、四年生と大学院に通う女子学生専用だったが、元々は倉庫として登記していたもので、当面は女子寮として使用するという意味を込めて「暫定寮」という変わった名前で呼ばれていた。

暫定寮は男子禁制だったが、すぐ横に十畳ばかりのプレハブ小屋があって、談話室と呼ばれていた。窓が曇りガラスだったので外からの視線を気にする必要がなく、四、五人は座れるソファがコの字に置いてあり落ち着いて過ごすことができた。ゼミの勉強会等に使用するのが本来の目的だったのだが、私はその談話室で彼女と会うようになった。談話室は前もって予約することになっていたが大体は空いていて、私は次第に頻繁に通うようになった。約束より早く着いてしまって他の女子学生に取り次いでもらう時には妙に気恥ずかしかった。彼女はその度に実家から送られてきた果物やお菓子を食べさせてくれた。

時には彼女がいつもお腹を減らしている私のためにサンドイッチとか飲み物を作った。談話室で二人で何を話していたのかよくは覚えていないが、そこに行けば美味しい食べ物があった。私がソファで昼寝に落ちても、そのままに放っておいてくれるので居心地が良く、温かくて、快適だった。

筑波山にピクニックに行った頃にはぎこちなく手を繋ぐようになっていた。山道の大石に座って弁当を食べた。彼女が私の分まで持ってきてくれた。弁当箱の他におかず入れがいくつかあって、一気に食べた。小さなおかず入れの一つに水菜のおひたしが一杯詰まっていた。それにも頬張りついた私が「美味しい草だね」と茶化すと彼女はその言葉を真面目に受け取ったようで、機嫌を取りなすのに時間がかかった。

筑波山を早々に切り上げ、その足で潮来に出て水路を舟で往った。その時、名物の花菖蒲を見物したのだろうか。でも彼女と一緒なら談話室でもピクニックでもどこでもよかったのだ。

ある日の夕方、部室が並ぶ木造の校舎の前の石段で彼女と座って話していた。前にはテニスコートが二面あり、左手には草に覆われたグラウンドが広がっていた。誰の姿も見えず私たちは長時間飽きもせずにとるに足らない日常生活を報告しあっては笑い転げていた。立ち上がって校舎の後ろ側に歩いていくと、それを覆うように高く伸びた木立が空に伸びていて、心地よい緩い風が吹きつけてきた。木々の合間から星が煌めき始めた。私は重大な決心ってこんな時にするのかなと一瞬思った。そして私は重大な決心の言葉を発したが唐突すぎて、彼女はそれを半信半疑で受けとめたようだった。

一九七六年の三月、彼女は予定通り私より一年早く卒業した。彼女が志望していたＮＨＫ等のマスコミは不景気で、とても狭き門だった。先ず大学の就職課が希望者を各社に抽選で振り当て、それに当選して初めて志望の会社の受験ができた。彼女は学内抽選であっさり落選してしまい、大手のマスコミは諦めて、一般企業にも就職先を広げざるを得なかったが、当時女性は自宅からの通勤が採用条件になっていて、ほとんどの会社で門前払いを食らった。漸く受験ができた野村総研の面接では、大学の成績が優秀でも仕事はあくまで男性社員のアシスタントであることとミニスカートの制服を着用することを伝えられて意気消沈していた。

結局、日本テレビの敏腕プロデューサーだった牛山純一氏が独立して設立した「日本映像記録」というドキュメンタリーの制作会社に就職が決まった。日本映像記録は日本テレビ系列に「素晴らしき世界旅行」という長寿番組を提供していた。アマゾン川を遡上して探検したり、ゴリラの生態を長期に観察するなど、世界のあちこちの未開地域のドキュメンタリーを制作する仕事と知って、そんな会社に彼女が向くのかなと思ったが、世間知らずの私は特に心配しなかった。

彼女の卒業式に私は父兄席に潜り込んで出席した。白と青を基調にした鮮やかなワンピースを着て、それと同じ色調のネッカチーフを巻き、卒業生の席に座っている彼女は晴れやかな笑顔を浮かべていて、とてもきれいだった。長髪のままジーンズを穿いて参列した私は、卒業式の後で友人たちと小さな黒板にチョークで「祝卒業」と書き、彼女を囲んで記念写真を撮った。

# 宮崎良子

落陽

## 落陽

「今、名古屋に来てるんだけど、今から出て来られる?」

「あ、行きます行きます!」

「予定が変わって夕方から時間が空くから、一緒に晩ごはん食べよう」

会合の合間を縫って掛けているらしく、携帯の声は周囲の雑音で忙しない。

時計を見ると十二時二分、今までジムで汗を流していたので、シャワーを浴びた髪は生乾きのザンバラ。顔の火照りは未だ治まらず、頬っぺただけが異様にテカテカと赤く、何とも見苦しい。気安く受けたが女は準備に時間がかかる。最良の状態で逢いたいのにと、ちょっと気重になったが、当日の呼出しは初めてだ。それもほんの数時間の逢瀬のためにと思うと、徐々に気持が昂ぶってきた。

とりあえず、すでに食卓に広げてしまった昼食を少しだけ掻き込み、急いで全日空の時刻表を取り出す。名古屋便は少ない。昼の便はもう間に合わず、次は夕方の最終便のみ。大阪行きが十四時四十五分、これで行くしかない。時間が決まればとにかく髪を何とかしなくては。やっぱり先週カットしておくべきだった。跳ね上がった毛先をドライヤーで撫で付けるが、焦るばかりで思うようにならない。しかたなくカーラーを巻く。出発間際まで巻いておけば何とかなるだろう。

問題は着て行く服、春は浅く陽射しは未だ弱い。前回はどれだったのか。できれば晩餐に相応しい装いにしたいのだが、これは派手、これは安っぽい、せめて外見だけでも品性をなどと、叶わぬ願望が無駄な時間を費やす。予定外とは言え、油断せず用意しておけば良かったと悔やみながら、結局着古したジーンズに上着を合わせ、旅らしい無難な軽装に。急いで身支度を終え、七つ道具をセットしてあるいつものバッグを持ち家を出た。車で二十分、空港から一番遠い駐車場に入れる。一日三百円、シャトルバスで送迎してくれるので遠いのは構わない。客は私一人、やっと一息つく。

あれから八年経っている。その人とは六十九歳の時船旅で出会い、「古希の恋」だと大はしゃぎして、友人達の失笑を買ったが、あれから喜寿になってしまった。（そうか、八年か）と束の間の感懐に浸っていると、シャトルバスの運転士さんが気安く話し掛けてきた。

「お客さん、良かったですな。今日は天気もいいし、お孫さんに逢いに行かれるとでしょ」したり顔の運転士さんに見送られて、全日空のカウンターへ向かう。


大阪伊丹空港着、ここから新大阪駅に行ったことがない。少し不安な気持で出口に向かっていると後から声を掛けられた。友人のNさんだ。

「あらぁ、お久し振り！　同じ便だったのね」

「お久し振り、お元気そうね。ご旅行？」

「え？　あ、うん、デ・イ・ト」

「まあ、続いてるの、いいわね。私は仕事、じゃ、お元気で行ってらっしゃい」

気忙しく出口で別れるとバス停へ。梅田まで四十分。バスに揺られながらNさんのことを思う。

Nさんとの出会いはご主人が急逝され、小学生の子どもさん二人を抱えた失意の頃だった。その時の彼女の声が今も耳に残っている。

「こんな中途半端な形で投げ出されるなんて！」中途半端、当事者にしか言えない痛切な言葉だと思った。

夫と妻の役割分担において、相手の働きはお互い不可欠であり、その重要性に優劣は無いのに、家庭内労働に対価は生ぜず、経済の基盤を失った家族に社会的保障は薄い。

また、Nさんとも知人で、かつて職場結婚のため、退職した女性がいたことを思い出した。当時はそういう風潮だったため、心ならずも退職したのだが、その後破談となり結果女性は職を失った。仕事を持つ男性の基盤は揺るがず、結局女性が割を食う。この男性優位の社会的不条理はどうしたものか。

「亭主の出来不出来で、女の一生が決まるのはごめんだ」とは作家・佐藤愛子の言葉だが、亭主の問題のみならず、一朝事ある時は、女性は周りの状況で自分の一生が左右される。自立できないために、不本意に生きざるを得ない場合も多いと思う。全てが根底から覆ったNさんは、ご主人の事業を継ぐことで乗り切り、今も仕事を続けている。

さてバスは新大阪駅へ。そこから新幹線で五十分、無事名古屋駅へ。更に地下鉄に乗り換えて三駅、中心街「栄」の駅中で化粧直しが出来てほっとしたのも束の間、目指す十二番の出口に辿り着けない。地下街を上ったり下ったり、三十分ほどロスして何とか地下街脱出。

目の前に開けたビル街を、夕映えが染める気配を見せる頃やっと目的地へ。斜陽を背に立つ相手の表情は、逆光で読み取れない。空白の二月《ふたつき》を無言の目顔で消すと、行き交う人々の流れの中に。

とにかく食事処を探さなくては。かなり歩いたが手頃な店が見つからず、やむなく目の前の韓国料理店へ。店内は日本風に設えてあり、思ったより静かでいい雰囲気なので落ち着けた。

「名古屋便が無くて大阪経由で来たんですよ」

「あ、そう、それは悪いことしたね」

韓国料理にそぐわない、白ワインのグラスを少し揺らしながら、その人はちっとも悪いと思っていない口調でそう言った。

マイカー・シャトルバス・飛行機・リムジン・新幹線・地下鉄と乗り継いで、ちょっとだけ、ドラマを生み出してくれた緊張の六時間、この人とはこの距離があるのがいいと思いつつ、六時間のあたふた振りを露ほども見せず、私は、余裕の笑みで然り気なく言う。

「でも私、好きですよ、こういう逢い方」

宮崎空港のシャトルバスの運転士さんが、この「孫の正体」を知ることは、先ず、無い。

＊　　＊

翌朝名古屋から一便で帰ることにした。急ぐ必要は全くないのだが、この一日がまるで無かったように、いつも通り朝の定刻にジムで運動していたい。只それだけのために私は急ぐ。このホテルは、空港行きのリムジンバスが停車するので、朝食を取らずに出発すれば、八時十五分発の一便にぎりぎり間に合うはずだ。ホテルを七時発、空港着七時四十五分、エスカレーターを駆け上り、動く歩道も走って三階へ。滑り込みチェック・イン、出発まであと十八分。検査場は長蛇の列だが、これを逃すと午後の便になってしまう。

それでも私は伊勢名物「赤福」を買いたい。今日いつものランチ仲間と、何事も無かったように赤福を食べる、そんな自分でありたいために。赤福は賞味期限二日間だから、当日渡せる人にしか買って帰れない。今日はチャンスなのだ。縦にできない赤福の袋を傾《かし》げないよう気を使いながら、検査場の並み居る人たちを掻き分けて、スタッフを探し声を上げる。

「宮崎行きです！　お願いします！」

すぐ優先入り口へ連れて行ってくれたが、そこにも十数人。宮崎より先発の札幌行きの乗客なので追い越せない。逸る気持を押さえてようやく突破、搭乗口までがまた長い。小走りで幾つか通過、目指す一〇一番の標示を見つけ階段を駆け下りる。重ねた赤福の箱が傾くが構っていられない。搭乗口の係に地上まで案内され、待っていたバスに乗せられ遠方の駐機場へ。機内に入るとすぐにドアが閉まった。

ホテルの朝食「なだ万」の美味しい和食を棒に振ってまで、どうしてこんな忙しい思いをしているのか。強いて深層を探ってみれば、いい歳をした女ひとり、結構、老生を謳歌しているという、自己満足感が潜んでいるのが見える。それが表に出ないよう、ひたすら急ぎこの丸一日を抹消し、何も無かったことにする。何気ない日常での密かな達成感。はた目には意味のない悪あがきに過ぎないが、全ては自意識過剰ゆえだ。

朝一番のジムに三十分ほど遅れた。

「あら、遅かったね、どうしたと?」

「うん、ちょっとね」

着替えながらいつもの仲間に声を掛ける。

「あ、出来たての赤福があるから、お昼一緒に食べようねー!」「了ー解!」

昨日も今日もジムに居て、どうして出来たてが手に入ったのか詮索するような人はいない。たったこれだけの然り気なさを装うために無駄な足掻きをするとは。でも無駄って楽しい。

私はこうして独り善がりのふらふらした日々を過しているが、かつては女は男に比べて分が悪く損だと気負っていた。と言っても、機能が違うのだから、対等を望むのではない。処遇の問題であって、勝手な言い分だが、男性は頼れる存在でなくては困る。子どもの頃女は親に従い、嫁しては夫に従い、老いては子に従えと育てられ、仕事に就けば嫁入りまでの「腰掛け」と見なされ、軽い存在であった。ただ隷従することでその分責任は軽く、不満ではあったが生き易くもあった。自分の意志で選ぶなら、従うも依存するも自由だが、主軸を失った場合は脆い。主体性を持って生きるには経済的自立は欠かせない。

そして時代と共に価値観も変る。人生の選択肢が多様化し、女性も自主的に生き方を選べるようになり、男女共未婚率が上がっている。経済面の不安が第一の理由らしいが、女性の自立も進んでいるものと思う。加えてデジタル世代は、人との交流が不得手になりネット上に繋がることで個々の安息を求める。全う出来ないかも知れない危険を冒してまで家庭を求めるのか。今の自分一人の心地良い暮らしと引き替える必要性を模索する。

確かに一人は生き易い。自分の意志百パーセントだから。家族が増えるほどにそのパーセンテージは下がってゆく。私はこれまで、自分本位に生きてこられたと思う。遂に現実となった老いの問題は、他の解決に依ることとし、老境にあっても今まで通り、この独りの心地良さは手放せない。だから今現在も、気持の趣くままに振る舞える自分であることに躊躇《とまど》いは無い。没する間際にその存在感を示す落陽のように、自ら放つ光の内《なか》に沈みたいと思うから。たとえそれが残滓の微光に過ぎないとしても。

# 森　和風

破翼で翔べ

## 破翼で翔べ

遠くを見るも近目になる〝第一章〟


「ねぇ〜もっと面白いことしよう〜よ!!」

三人のお婆バが真剣な顔をして話している。

一人は元の話の続きをしたいと話を元に戻したい一心!!

一人は自分の持って来た話を、最後まで聴いてもらいたい……と話している。

三人目のお婆バがしきりと、

「……もっと面白いことをしよう～」と言っている。

女三人寄れば決して話は纏まらぬ!!　と昔から言い伝えられているのに……。

三人のうちの二人は棺桶が目の前にぶら下がっている歳。

あとの一人はひと廻りの半分の差がある。

やはり六歳の差は、考え方、体力、智力、何と言っても行動力に大きな差が見えかくれするから敬意を表さねばならないのだ——。

が、しかし、私の話し始めたことは最後まで聞いてもらいたい。

大上段に振りかざす話ではないけれど、九州の中で生きる私にとっては本当に憤死するほどの悔しいことなのだから——。

九州のどの県を見ても、女は男の五倍頑張らねば認められないようなのだ。

特に南九州の地方にはその特色が顕著に表れているのは誰もが認識していることである……。

話を元に戻そう——。話を聴いてもらうちょうど良いところに彼女達はやって来た。

「私ねェ、後少しで棺桶の中に入らねばならないのよぉ～!!

代表作と言うほどのものもないし、何かやり残している……と何時も感じているのよ!! 

何となく、誰かのためにやるべきことを残したい――

それが「宮崎県女流芸術家協会」なるもので、全てのジャンルの入った文化団体なのよッ。

〝舞台芸術、勿論、壁面芸術、風土の中で生きて来た文化・芸術等々、女性のためのもの〟――を創りたい。

それでここが一番大事なんだけど、素晴らしい仕事振り、実績を持つ女流達の〝県文化賞〟に女性の力を注入する推薦団体を創りたい……のよ!!」

――私が運良く〝県文化賞〟を戴いたのが平成十二年、ちょうど二〇〇〇年の時だったけれど、後が続かないのだワー!!

今、私の眼の中に浮かんで来る立派な力量を持つ女流が五人居るのよッ～!!

その女流の推薦団体の窓口が無い～のは、どうしたことか……!!――

(厳然と存在するのだけれど誰も素直に真すぐに推薦しないのだ。

みんなで足引っぱって結局疲れて終了してしまう。その方法が無いのと同じなのだ――。)

という訳で私達がやらねばならぬことだと思わない?!!――。

お〜ぉ、二人のお婆バはしきりと頷いてくれる!! がまたまた、もっと面白いことからやっていこう……とあっと言う間に出来上がったのが、〝故郷おこし〟／〝人おこし〟／〝自分おこし〟を掲げる「ひむか双樹の会」なるものとなった。

とてもユニークで美味しい食事会の付いた〝第二章〟

この面白いことをする〝ひむか双樹の会〟――以下「双樹の会」と称す――は毎月第三水曜日の正午から、セミフルコースの中食会をする。

会場は何と、宮崎観光ホテル東館十三階の〝銀河ホール〟。絶景のロケーションだ。

晴れの日は霧島連山はもとより、遠く桜島まで見えるとか〜!?

雨けぶる日は九州の山襞の重なりがファンタスティックに美しい風景となって眼前に拡がっている（この付加価値が宮崎観光ホテルの存在価値を高めているのだ）。

リッチな気分で食事の後は三時まで、九十分間の講演会をやっている。

講師陣は、東京から。宮崎のユニークなオーナーの方々。

海外での修業経験を持たれた先生方達や、学者、文化人の方々。

先月などは、不思議なご縁を戴き、何と現役の〝内閣総理大臣補佐官・河井克行氏＝衆議院議員・当選六回＝の痛快な話であった。

こんな文化団体が他県にあるであろうかー!!

〝日向のヤカンたぎり〟と言われていることから見ると不思議な活動であり、信じられぬ継続力と言わねばならぬようだ。

こんな活動が満二年間も続いている。最近、「美しいブーゲンビリアの花一杯運動」を県内に拡げよう——と計画中だ。

観光、教育、頑張り、まさに〝故郷おこし／人おこし／自分おこし〟なのだ。

何で迷うこと等あるものか!!

残された時間を追い掛けるような三婆達の人生には、

廻り道、遠廻り等、ありはしない!!

真すぐな道を勝手に、

天下ご免で歩きたい!!

どうか神様、佛様《ほとけ》!!　私達の行方にあと少し幸運あれ!!——合掌。

## 〝余分な章〟――希望＝夢＝を実現させるための五つの法則――

昨年六月、双樹の会例会で取りあげたテーマが、目には見えない〝気〟の話。

この見えない〝ものの気〟の話を会員に解ってもらうために一晩中徹夜で辞書を引いた。

何と辞書の中には、想像以上の解説があった――。

見えない〝気〟について……!!

私の魂は我が意を得たりと嬉しさで震えた。

それは私の書の道場に入門した門人達を指導する上での法則のような指針と同じであった。

――やる気＝決意／勇気＝決断力／元気＝健康／根気＝持続力・根性／本気＝希望・夢。

――決意を持ってやる気を起こし、
決断と勇気を持って突き進み、
健康で元気な身体で、継続して行く根気が無ければ、
本物には到底なれない!!……!!

日向人の私達には心に響く言葉となった――。

〝日本のひなた〟我が故郷……!!

# 森本雍子

サーカス日和
犬と暮らせば

## サーカス日和

美しき天然、この旋律にはどこか哀愁を伴う。亡き母が時々口ずさんでおり、なんでも昔、サーカスのテントの中で聞いた旋律らしかった。

母の育った田舎町にも、その昔、サーカスが来たのであろうか。その時の話と私が映画のワンシーンで見た、映像とが重なり合ってその旋律は忘れられないのである。映像のワンシーンは、空中ブランコで高いところから美女が手を離し、待ち受ける男性の手に移るスリルに満ちたものである。母の追憶のシーンは寒いテントの中の動物たちが調教師のムチに促されて丸い木の切り株のような足場に立つ。寒い冬のそのような情景が重なり、命を張った切迫したものとしてこの美しい曲と共に私の心の中にすみついてしまった。

私の住むこの地方都市にも八年ぶりとかでサーカスがやってきた。新聞紙上での広告でホワイトライオンショーがあるという。胸が久しぶりに高鳴った。

家人に「行こうよ！」と誘うと珍しく「行こう！」と応じてくれた。

ショッピングセンターの駐車場が特設会場となっている。十一月初旬だが冬の前ぶれみたいに風が強い。巨大なテントの方角からいろいろな動物の匂いが乾燥した敷き藁の匂いと共に漂ってきた。嫌なものでなく動物たちの体温や吐く息も感じられ、生きている我々と同じ空気を共有しているのだ。

会場近くには大勢の人が並んでいる。「たまには贅沢しようか？」とブルーシートの席を求めることにした。一般席からワンランク上の席だが、貧血気味の身にはありがたい。

音楽はショーを盛り上げる一番の要素である。そして時代を写すロケーションでもある。入口を入るとポップスありジャズ調あり、また映画のサントラ盤から用いたのがありと、さまざまに彩りを添えている。

一つのプログラムにも十種類以上を組んでいて、ショーほど面白いものはないと心が踊る。

今年創立百十五周年を迎えた木下大サーカスの始まりである。今年は小林市出身で高校を卒業したばかりの新人がオープニング出演するという。専ら評判の男性がいよいよ、シルクパフォーマンスで会場は拍手喝采であった。梯子を使ったもの、リングやバトンを使ったジャグリング、ロシアの美女の空中アクロバットショーあり、フラフープあり、また四頭のシマウマが互いの背に頭を乗せるシーンなど愛らしい。合間を見てアメリカ出身の二人の道化師が客席の間まで出てきてのサービスなど笑いありスリルありで息もつけないでいるとき、家人の大好きなオートバイ三台を使った決死オートバイショーが始まった。バイク特有の大音量、丸い巨大な地球儀の中を縦横無尽にスピードを上げて走る、はしる。

その興奮を打ち破るようにガラガラと鉄枠を抱えた男性たちが、手慣れた動きでステージに檻を組み立て始めた。その速いこと。いよいよ威風堂々の奇跡の猛獣ホワイトライオン四頭、牡ライオン六頭による世界猛獣ショーの始まりである。

イギリス生まれの調教師マイケル・ハウズ氏。その華麗な身のこなしはライオンとの信頼関係なしには築けないだろう。ムチと竹の棒でマイケル氏に導かれ、一頭ずつ檻から放たれたライオンを椅子に乗せる。一列に並び自分の出番を待つライオンたち。輪をくぐらせ、樽を転がせ、マイケル氏はその合間にライオンの鼻のうえを竹の棒で愛撫する。その絶妙な愛情にライオンたちは甘え拗ねてみせる。その愛らしさにすっかり魅了されてしまった。

帰宅後もう一度あの感動を味わいたいと思った。思い切って行ってよいか家人に聞く。笑いながら「そんな感動は大切だよ」と、言ってくれた。嬉しかった。
毎回出しものは変わるらしい。東大寺落慶法要《らっけいほうよう》にも奉納されたという古典芸の坂綱。サーカス日和の家人への土産話はこれに決めた。

## 犬と暮らせば

蚊が出る時候となった。直太郎（豆柴・雄）の小屋の周りに昨日の夕刻飛んでいたのを思い出し、太巻き蚊取り線香に火をつけた。また、藪《やぶ》の蚊に効くという効能書きのあるスプレー式の容器を持ち、一軒先の娘宅に向かう。

直太郎の小屋の前には、大きくなったいもぐすや楓などの下に羊歯《しだ》やつた等の生い茂ったところが藪になっている。何カ所かスプレーすると、すごい臭いがしだした。

「直太郎くん、少しの間、ばーばの家に行きましょうね」とリードをつけて私の家に連れてきた。

近くの店で買い物をして戻って来ると、注射器一式を持って私の家から出てきた娘夫婦と出くわした。「あら、おかあさん、インターフェロンの注射、いま終わったとこ」と娘が言う。「そう、上手く出来たの」と問うと「できたわよ」と明るく帰っていった。

残された直太郎に「痛かったでしょう！」と問うていると、家人が「キャンとひと声泣いただけ」と言って「よく頑張ったね」と頭をなでている。鼻の中に悪性腫瘍があるということで先日、病院に行き、週に二回自宅で注射をすることになったらしい。初めてその注射を始めるということになり、注射し易いように少し毛が剃ってある。

いよいよ、その治療が始まったらしい。注射した箇所を中心に少し揉んでやる。液が外に漏れたのであろうか。毛が湿っている。

「直太郎くん、一日でも長生きしてね」とみんなの願いである。

セカンドオピニオンとして訪ねた女医さんが、鼻の奥のほうに何かできているということで治療を始められた。鼻の骨ももろくなっているとのこと。組織をどこかに送られて、一週間後に再診を受けに訪ねた女医さんに「あまり芳しくない状態です」とつげられたのは今年の三月ごろだっただろうか。

言われたのは、来年のお正月まで「持つかどうか」だそうだ。そして「これからの予防接種などはもうしなくてよろしいでしょう」とのことだった。突然の宣告に、娘はどうしてよいものかオロオロするばかりだった。

しかし、当の直太郎は平静である。ただ鼻で呼吸が出来なくなり、口を開いたまま息をしているので苦しそうだ。特に寝息が大きくて、娘は夜中に何回も起き出してしまうようだ。

昨年までくしゃみが出たり、鼻血が出たりなどしていたので、かかりつけの医者に診てもらっていた。医者は「アレルギーでしょうね」と言われるのであまり気にしていなかった。処方薬を飲ませていたのだが、なかなか治らなかったのだ。

今、巷では、孫の話をするよりペットの話をするほうがお互い無理なく意思の疎通が出来るのである。

犬を連れて歩いていると「直太郎くんのおばあちゃま」などと呼び止められたりするのだ。こちらも犬を連れた知り合いの方には、「ネネちゃん、おはようさん」などと声をかける。そして人間同士も親しい間柄となるのだ。ネネちゃんのお宅で何年か前に住居を新築された時のこと。近くのお店で焼酎二本を包んでもらい、風呂敷にくるみ提げて行った。

「ごめんください」と純日本家屋の玄関先で声をかけるが応答がない。引き戸を少し開け畳の敷いてある控えの間らしいところの片隅にお祝いの品を置かせていただき「こんにちはー、もりもとでございます。どなたかおいでになりませんか?」と言って耳をすますがお留守のようだ。そうだ！　ネネちゃんがいるかもしれない。そこで、

「○○さんのネネちゃんいませんか?」と二回繰り返した。間も無く、薄茶色の本柴犬の

優美な姿のネネちゃんが現れたのだ。そしてゆっくりとその控えの間を二回廻って奥に消えた。一瞬、今、起こったことは夢か幻かと思ったほどであった。

その日の夕刻、ネネちゃんのおかあさんから「きょうはありがとうございました！　留守していてごめんなさい」だったので「ネネちゃんが応対してくれたわよ」と言ったが、ただ、笑っておいでだった。どうもいつもあの調子なのかも知れない。

あの時のネネちゃんと私は何かしらの秘密を持ったようで、時たま散歩などで会い、ネネちゃんとそっと呼ぶと近寄ってきて、頭を撫でてもらうのを喜ぶようであった。

ネネちゃんに直太郎が出会ったころ、どうもネネちゃんのことが好きだったみたいで、よく纏わりついたりしていた。ネネちゃんのおかあさんが「直太郎くん、ごめんね。ネネは年上のお姉ちゃんで、それに赤ちゃんも産むことが出来ないのよ」とすまなさそうに言われた。直太郎の淡い恋はそれで終わったみたいだった。

娘の情報によればそのネネちゃんも体調が思わしくないとのことである。

直太郎はよく家人と釣りにでかけた。釣り道具一式を車に詰め込み、助手席に直太郎専用に古いシーツで作ったカバーをかけ終わるや否やさっと飛び乗るのが常だった。釣り場はあまり遠くない大淀川の左岸だった。

そんな秋のある日の午後「直太郎くん、きょうはじっじが一人で大淀川に行っているのでばーばを案内して行ってくれないかな?」とゆっくりと話しかけ首輪にリードを繋ぐ。すると直太郎は「さあ、ゆくよ」とばかり私を見て歩きだした。いつもの家人とのコースらしく歩きに迷いはないようだ。バス通りの交差点では止まり対面に渡る人々と共に進む。立派なものである。一人感心しているうちに川の土手に到着していた。

「さあ、直太郎くん! じっちゃんのところへ」とリードを外すと、飛ぶように降りて行った。

今年のお盆には孫息子夫婦が、直太郎の見舞いに大阪から帰って来るようだ。

もともと、直太郎の飼い主はこの孫なのだ。

# 柚木崎　敏

生涯素直

## 生涯素直

あたり前のことだが、世の中には、風変わりな人がいる。その人の持つ特異な個性を、場所や相手構わず発揮する人を、世の人は「変わり者」と呼んでいる。めったにお目にかかれないが、私はつい先日、そんな変人（と思える人）に遇って「生涯素直」という言葉を授かった。

場所は宮崎神宮前のバス停留所。そぼ降る雨の日。神宮前広場は閑散としてあまり人影は

なかった。国富行きのバスに乗ろうと、停留所のベンチに腰を降ろすと、観光客らしい初老の男性が、

「駅行きのバス、意外と少ないね（これだから地方は不便だ）」

と言わぬばかりに独り言をつぶやきながら私の隣りに腰を降ろした。

ラフな旅行スタイルで、やや大きめの肩掛バッグを下げたこの男性に、これも旅行者と思われるバス待ちの女性が聞いた。

「これから何処へ行かれるんですか？」

「北九州まで。今からだと、着くのは夜中だろうね」

「そんなにかかるのですか？」

「新幹線もないしね。そういえば高速自動車道もついこの頃開通したばかりだそうだ」

言葉遣いまで、何となく横柄に聞こえた。

「こちらで同窓会をやったんだけど、この県のことを『日本のひなた』って呼ぶんだって！　大きく宣伝して作った黄色のバッジを衿に着けていたら、東京の電車のなかで、見知らぬ人から『ああ、宮崎の方ですね』と声をかけられたと、喜んでいた奴がいたよ。新幹線どころか、在来線だって単線だよ。どう見たってここは『日本のひかげ』なのに」

彼はそんなことを聞こえよがしに言いながら、左手をバッグに入れて、何かを取り出そう

としていた。変な人だ。

「新幹線はないけど、ここは消え去った日本の原風景が残っている温かい『日本のひなた』なんです」

私もつい小さな声で力をこめて呟いた。

彼がバッグから取り出した物は、何も書かれていない真新しい色紙だった。

そして、右手に持った携帯用らしい筆に、やはり携帯用と思われる硯から墨液を含ませると、ベンチに腰掛けたままの姿勢で、色紙にすらすらと何か文字を書き始めた。

一見して手慣れた墨書だった。

生　涯

生　涯　学　習

生　涯　健　康

生　涯　感　動

生　涯　青　春

よほど書き慣れているのか、彼は、末尾の「生涯青春」を先ず書いて、後の四行を付け足すように書くと、五行がバランスよく書かれた色紙になった。

「一行目が書いてないでしょう。ここはあなたの好きな言葉を書きますから、言ってください」

彼は、筆を握ったまま私に督促した。

「…………」

まったく突然のことに戸惑って、私は言葉を詰まらせた。

「何かあるでしょう。日頃実践されていることとか、考えておられることとか？」

「うーん、そんなの全くありません」

実のところ、私は「生涯云々」などという高邁な目標を掲げて生きたことなど、一度もないのだ。結果的にそうだったということもなく、漫然と、浮草のように、成るがままにその時々を生きてきて今日がある。

筆を止めた彼は、怪訝そうに、戸惑った顔をして、私を振り向いた。戸惑ったのはむしろ私だった。

「困ったなあ」という顔をした私を見て、彼は筆を休めた。

「何も無いんですか？」

「ありません」

私は全く唐突な質問に、即答した。

私もその昔、文部省というお役所が「社会教育」と呼んでいた学校外でする啓発活動を「生涯教育」と呼称を変え、さらに発想の転換を図るべく、自ら学ぶ「生涯学習」とした変革の渦中に遭遇したことがある。

他から教えられることから、自ら求め学ぶことへの一大転換だった。そして各人に、自分の生きる目標を定めなさい、と掛け声をかけた。それが「生涯◯◯」だった。

そうした国家的要請にもかかわらず、またそれを推進する立場にいたにもかかわらず、私は残念ながら、自分の生きる目標など考えたことすらなかった。


「本当に何も無いのですか?」

筆を持った右手を色紙から離し目の高さに上げて、驚いたように彼は詰問した。

「ありませんなあ。無いものは無いんです」

と、答えようとした時、待っていたバスが近付いて来た。

彼を振り切る絶好のタイミングだった。私は立ち上がった。

彼は、慌てた。そして、

「私が書きましょう。ええと……」

と、私の顔を見上げた。

彼は筆を持ちなおすと、色紙の第一行の空間にすらすらと何か書いた。

「生涯素直」とあった。

これで、色紙は完成したようだった。

私は、目の前に止まった国富行きのバスに乗ろうとした。

「待ってください。花押を書きますから」

彼はバスのステップに足を懸けた私を止めた。そして色紙の末尾に、何か読めそうにもない署名らしき文字を書いた。そして、彼はその色紙を私に差し出したのだ。

私は、彼に揮毫を頼んだ覚えなど全くない。身知らずの行きずりの旅の人から、そうした色紙を書いてもらう理由もないのだ。

バスは動こうとしている。生憎雨がパラパラ降って来た。

私は、黙って振り返り、彼に「いりません」と手真似で断った。

たまたま傍でこのやりとりを眺めていた男がいた。彼は、自分のバッグから皺くちゃのポリ袋を取り出して、

「これに入れなさい。濡れますよ」

と、急いで色紙を書き手から取り上げポリ袋に入れると、私に差し出したのだ。何と親切な行為だろう。折角一心に書いた書き物が雨に濡れたら台無しだと思ったに違いない。それを「要らぬ」と何故この人は断るのか。「有り難うと素直に貰いなさい」雨に濡れるポリ袋に、無言の声が籠もっていた。

万事休す。私はこの男性のさり気ない行為に心を動かされ「素直」に色紙を受け取り、バスに乗った。

バスの中で、改めて色紙を見つめて考えた。これを書いてくれたあの人は、何を生業として生きている人だろうか？

少なくとも、字を書いて生きているプロの書家ではない。書の先生でもないだろう。書かれた書体や線でおおよその判別はつく。

それにしても、彼はバッグの中から、色紙と、筆や墨液、硯をさっと取り出した。

何時でも、何処でも、常に書く態勢が整っていた。

そして、今回の場合、何の関連もない話をしながら、何の関わりもない事象を色紙に書いて、全然見知らぬ私に「これを書きました」と押し付けたのである。

私が、いかにも物欲しげな様子をしていたのだろうか？

「生涯……」とかという言葉が全国を席巻しその実践を要請されたのは、昔の話である。そして私がその類の言葉を遵奉も実践もしてないと言えば、私が書きましょうと、自らの好みの言葉を、あたかもこれがあなたの信奉している言葉なんです、とスラスラ書いてくださるのだから、はなはだ有り難いが、こちらには、いささか当惑な話である。

いずれにしても、この人は他人の意向を平然と無視できる「変わり者」なのだろう。しかし、「生涯素直」と書かれ、突き付けられると、まさに自分の虚を突かれた思いもする。

九十年の私の人生を振り返るとき、欠けていたのは「素直」ではないかと思う。「こうしなさい」と言われてもすぐその通りにはしなかった。勝手気ままにものを言い生きてきた。もう残り少ない人生である。

これからは、短い「生涯」をこの人の書いた通り「素直」に生きねばと考えた。

仮に、明日お迎えが来たとしても、じゃあ逝きますかと、素直に旅立つとしよう。

「生涯素直」の色紙を持つ私の他に、誰も乗客のいないバスは、雨に濡れる神宮の杜を後に、私の生まれ故郷国富へ走り始めていた。

# 夢《ゆめ》人《と》

ジャジーな彼女はいっちまった

## ジャジーな彼女はいっちまった

テーブルの上のスピーカーから、ジャズが流れている。日本人のジャズメンが集って結成されたクインテット。J-Squad。それぞれメンバーは、ニューヨークで頑張っている。曲はA Lifetime Treasure……。ここ一年、ＢＧＭはジャズ一色だ。

二年前に遡る。こぢんまりとしたワイン会で、彼女は、

「次の市民講座、何にするか考えたわよ」

「えっ。だって、まだ『能と狂言入門』が終わったばかりなのに？」

「そりゃそうよ。でないと、間に合わないじゃない」

いつものように、美味しいワインを飲んだ時の、柔らかい空気が醸し出されている。しかし、リラックスするがゆえに、会話のテンポはあがる。頭がどんどん冴えていく感じ。まだ、青写真なんだろうけれど、おそらく幾つものオプションが渦巻いている。

「次はね、ジャズとアメリカ文学よ！」

見た目はまったく素面だけれど、その眼は、いたずらを思いついたような、少女のそれだ。

「ジャズ！　能・狂言の次が？　そいでもってアメリカ文学！　ウーン」

思わず、絶句した。一体、思考回路はどうなってんだ。あちら、こちらに飛び跳ねる。それでも、最後にはピタリと着地を決めるのだけれど。

ジャズといってもいろいろあるしなあ。おまけにアメリカ文学か。これもまた、いろいろだ。ヨーロッパならまだしも、新世界だし、古典はないよな。強いて言えば、フォークナー、ヘミングウェイ、あとはスタインベックぐらいか。一七〇〇年代には、小説らしい小説は無いし。一八〇〇年代はジャズという言葉さえない。何かしら考えはあるのだろうけれど、見当もつかない。まあ、見てのお楽しみだな、とブルゴーニュグラスを傾けようとした途端、

「もちろん、手伝ってよね」

思わず、吹きそうになりながら顔を見ると、当ったり前じゃんの顔だ。

「手伝う？　そりゃ、できることは何でもやりますよ。でも……」

彼女は法律家だが、三十年近く大学で教鞭をとっている。専門は労働法だ。大学院を終えてすぐに渡米し、ロースクールを卒業したあとは、アイビーリーグの二つの大学で研究員として過ごした。その間、単身イスラエルへ飛んだ。世界で三人目の女性首相、ゴルダ・メイアに会うためだ。ゴルダは既に引退し、八十歳の齢を重ねていた。命を落としてもおかしくない政情の中、イスラエル建国の母に会わずにはおれなかったのだろう。その四か月後、ゴルダは世を去り、その回想録を、彼女は訳出し刊行した。

海外での長い留学経験は、彼女に大学教育の重要さを説き、そして社会への男女平等参画の伝道者へと変えた。

「縁もゆかりもないのよ。そりゃ、最初は迷ったし、周りからも反対されたわ。もちろん何のメリットもありゃしない。でもね、三顧の礼で迎えられて。必要とされてるのに、断ったら女がすたるじゃない」

こうして、当時セクハラ問題で混乱にあった宮崎公立大学の学長に就任した。任期は四年。女性学長を据え、大学の印象を少しでも開けたものにしたい。しかし、保守傾向の強い九州の地方都市だ。女性学長への根強い反対が、実はくすぶっていたらしい。とは言っても、生来、一旦決めたことには妥協しない。縁もゆかりもないどころか、四面楚歌に近い宮崎に単身乗り込んできた。そう、まさしく乗り込んできたのだ。

福岡生まれの福岡育ち。九州大学の法学部へ進んだ。当時は一期、二期校の時代だから、二次志望は鹿児島大学の医学部にしたらしい。一緒に食事をすると、

「もし、鹿児島大学に進んでたら、あなたの大先輩よ！」

と、よく言われた。姉御肌のきっぷの良さは、九州博多の血なのだろう。

こうしてみると、いかにも社会派の闘士然と見えるが、一方で日本文化をこよなく愛し、留学先では着物姿で、日本舞踊を踊ることもあった。音楽を愛し、ダンスを踊り、いわゆるハイカラなレディーは、酒も強かった。私の人生の師でもあり、宮崎の「酒仙人」の異名をとる、某大学の元教授と飲み比べをした折、とうとう酔いつぶしてしまった。〝酒仙人敗れる〟の報は、瞬く間に広まった。

スレンダーで、颯爽とパンツルックを着こなす男勝りの彼女だが、そのファッションには、必ず女性らしさを忘れなかった。ブローチなどの小物もだが、服の配色に非凡なものを感じた。ある日、それを伝えると、

「ほんとは、絵描きになりたかったのよね。実は一度、美大を受験したのよ。でも落っこっちゃって。一回だけっていう、親との約束でね。あとは、見ての通りよ」

あっさりとそう言うと、グラスを飲み干した。そのまま求める道を進んでいたら、と一瞬言葉にしそうになって飲み込んだ。彼女の性格からすると、未練もなく方向転換したのだろう。

一度だけ、絵を目にしたことがある。一輪の真紅のバラ。繊細で、しかし力強いデッサン。彼女の思いが、情熱の残り火がそこにはあった。

「私の送別会は、たくさんのバラでゴージャスに見送って」

が、口ぐせだった。

僕らの出会いは、公立大学の市民講座だ。三年前、第一回目の講座「異文化交流」の受講生となった。講師は彼女の生涯の友として、宮崎で出会うべくして出会った、日米の両親を持つ文学のミューズ。ミューズを挟んで気の置けない仲間になるのに時間はかからなかった。

講師の知名度もあり、市民講座としては例を見ない動員数だったが、普通は回を重ねるごとに尻すぼみになりがちだ。しかし、そこは彼女の真骨頂。エンターテイメントあふれる講義内容をプロデュースし、ミューズも必死で応えた。受講者は、減るどころか、連日満員御礼の様相を呈した。最終回は、ミューズの本格的なアメリカン手料理も加わり、フェアウェル・パーティーが催された。あまりの盛り上がりに、ノンアルコールにも関わらず、最後には彼女と二人でマラカスを持ち、マンボを踊った。

「おぬし、なかなかやるねえ」

会心の笑みを浮かべながら、成功を満喫していた。

一年後。彼女はイギリスのスターリング大学に続いて、ハワイ大学との姉妹校提携を成し遂げた。その調印式のレセプションに合わせて、市民講座第二弾「能と狂言入門」を企画した。公立大学には、能舞台が存在したのだ。これを放っておくような玉ではない。山積していた問題も、いつのまにか解決し、結局宝生流家元の「羽衣」が二十年ぶりに演じられた。ハワイ大学の招待客、市民あわせて幽玄に酔いしれ、その後六回の講座へと続いた。学校紹介の際には、訪れた保護者、受験生のツアーにも一役買って、能舞台はその役目を終えた。

そうして、三回目の市民講座「ジャズとアメリカ文学入門」。手伝えと言われてもな。ギター演奏？ とんでもない。ジャズギターは無理だ。ハワイアンやポップスとはわけが違う。文学の講義？ アメリカ文学はヘミングウェイぐらいか。カポーティ、サリンジャー、ブコウスキーの方がおもしろい。しかし、講義となると力不足だし、ジャズとどう繋げるんだ？ それとも、単に協賛？ 真意を図りかねて、思わず顔を見るが、（なんで、分かんないの？ ばっかかね〜）てな顔をしている。

「もちろん講義よ、講義！ 一わく入れるから、やってね」

「ちょ、ちょっ……」

こうなると、決して断れない。やるしかない。出来ませんはない。

「分かりました……」

こうして、市民講座の講師に決まった。割り当てられたのは、F・スコット・フィッツジェラルド。どう考えても無謀だが、そこは似た者同士。最高のパフォーマンスを目指すしかない。準備すること六カ月。人生で三本指に入る勉強量で臨んだ。

津田塾大の椿教授監修のもと始まった講座は、前半に、ハープ、アルトサックス、ビブラフォーン、そしてボーカルのライブ。後半はハーレムの黒人作家、テネシー・ウィリアムズ、F・スコット・フィッツジェラルド、トニ・モリソンの文学講義。講師は椿先生、彼女、私、そしてミューズ。三回目の市民講座ともなると評判が評判を呼び、受講者の期待も大きい。結果、十回の講座は、椿教授をして、日本広しと言えど、今回のような贅沢な講座はあり得ないと言わしめ、盛況のうちに終わった。無事、打ち上げも終わり、達成感に包まれていたその時、彼女が言った、

「あと半年少しで、任期も終わる。最後に、もう一つだけ考えてるの」

何という人だ。飽くなき道の探求。それから、滔々と構想を語った。宮崎に有名な女性の歌人が二人いる。どうにかして、二人の対談を企画したい。その眼は、またいたずら娘のよ

うに輝いていた。

三カ月余りが過ぎた土曜日。季節は夏、秋と足早に過ぎ、相も変わらず忙しい彼女と、久しぶりに食事をした。『イタリアワインの旅』と題してスピーチをする私に、憎まれ口をたたきながら、笑い、話し、飲んだ。少し体調を崩していたが、翌日の日曜日も仕事だという彼女を、この日は早々に家まで送った。

月曜日。昼休みに部屋に戻ると、携帯電話に、メッセージが残っていた。彼女は何の前触れもなく、唐突に逝ってしまったのだ。慌しく、一週間が過ぎ、事態を飲み込めないまま硬化した感情が、夜、ワインを飲みながら、聞こえてきた「ラビアン・ローズ」の旋律に溶かされた。堰を切ったように流れる涙を、拭うこともせず、ジャジーな彼女の人生と真紅のバラを思いながら、赤いワインを飲み干した。

# 米岡光子

「変わりませんねぇ」の声が
胸に響いて、喜んで

## 「変わりませんねぇ」の声が胸に響いて、喜んで

思いもかけないEメールが突然、飛び込んで来た。「久し振りに実家に帰省するので、お目にかかれれば嬉しいなあーと思っています」

えっ、いったい何十年ぶりだろう。かつての仕事仲間で、現在は関西に住んでいる後輩のN子さんだった。

すぐさま電話を入れてみる。メールの文字よりも肉声は正直なので、瞬時に気持ちも情報もつかめる。第一声は何というべきか。何から話そうか。年甲斐もなくドキドキする。聞き

覚えのある声が耳に入って来た。そうそう、この声だ。同時に懐かしいN子さんの姿が現れる。挨拶もそこそこに、「ご実家で何か用事があるの？」。若作りの声で聞いてみた。

「いいえ、もう子どもは社会人と大学生で私も自由になったので、久し振りにゆっくり帰ろうと思って……」

「まあ、そうなの」

「ずっとご無沙汰で状況が分からずネットで検索をしてみましたら、まだ、お仕事をなさっているようですね。お忙しいかなあーと思ったのですが、思い切ってメールをしてみました」

そんな心配は無用なのに。そもそも私は、フェイスブックやツイッターなどのSNSを全く使っていない。その上、フリーで仕事をしているのにホームページもない有様。それでも本人が知らない間にインターネット上で、ささやかながらの生きざまがわかる時代なのである。それは良いことなのかどうか、わからないまま現代社会で生きている。

「ラインとか、していますか」

「ごめん。全くしていないの」

「ラインは情報が流失してしまうからと、嫌う人もいますものね」

先輩の顔を立ててくれる。格好よくそういうことにしておきたかったが、理由はもっと現実的で些細なことだ。実は、ガラケーなどと呼称がついてしまった携帯電話を未だに使っているので、時代から取り残されているというだけの話なのだ。また、強がって言うのではないが、私の生活パターンでは特に必要性も感じていない。

「それじゃ、はっきり予定が決定したら、Eメールで日程をご相談しますね」

「いつでも大丈夫。ぜひぜひ、お食事をしましょう」

楽しみで嬉しい約束が成立した。

N子さんが新人の時から四、五年一緒に働いたが、彼女は素直で従順な後輩だった。忠実な子分ができたような嬉しさで、仕事をしていたことを思い出す。今思えばお粗末な仕事ぶりだったが、愚痴や文句を言いながらも仕事を頑張った同志である。たくさんの思い出が、若き日の仕事の勲章として残っている。

老いたとはいえ、かつての後輩には、まだ威厳を示したい。さあて、何を着て行こう。少しでも若く見えるように鏡の前であれこれ試着する。久し振りに会うには、それなりの武装が必要だ。年賀状での交流はあるものの、二十数年ぶりに会うN子さんは私が分かるだろうか。念のため、黒縁の眼鏡をかけていて髪はショートカットと、伝えておいた。

いよいよ当日。待ち合わせ場所に向こうからN子さんが近づいてくる。「変わりませんねえ～。お久し振りです」。えっ、私って変わっていないの。そのひと言に気を良くする。声にカチッとチャンネルが合って、あっ今、心が通じたと思える瞬間がある。この瞬間の喜びに時間が逆戻りして、空白の時がいっぺんに埋まってしまった。次から次と思い出話に花が咲き、食事もお酒も進む。色つきの昔語りは若返る。

宴果てて、いつの間にか帰る時間。あの素直な後輩は、結婚もして子どもにも恵まれ、単身赴任の夫に代わり立派に子育てもしていた。妻も主婦も母親も立派に頑張って、見上げるような熟女に成長していた。「また会いましょうね」と、少女の声で別れを惜しんだ。

「変わりませんねえ〜」にすっかり気を良くしていたら、数日経った頃、友人が、「昔の知人にバッタリ会うと『変わりませんね』ってよく言われるけど、絶対にそんなことないよね。お世辞よ。話半分に聞かなきゃね」

グサッと、そのひと言が胸に突き刺さった。確かにそうだ。もう二十数年経っている。顔にはシワも増え、どうしたってあの頃の皮膚の張りもない。歩き方だってトボトボだし、おまけに自慢じゃないが、いつの間にかの圧迫骨折までやってしまい、顔のシミも隠せない。それこそ、間違いなく立派な高齢者だ。「元気さが変わりませんねえ」なのか、それとも、「想像していた齢の取り方が変わりませんねえ」なのだろうか。単純に喜んでいたが、私の思いとは違っていたのかもしれない。

しかし、声は言葉と違い肌から浸み込んでいくようだ。出会った瞬間に発する声が貴重なものに感じられる。「変わらない」「どこが……」ではなく、再会を喜んでいる心の声を聴いて嬉しいと胸に響けば、それで十分。それがコミュニケーションだ。

「どちらにお出かけですか」
「ええ、ちょっとそこまで」
「そうですか。行ってらっしゃい」

意味の分からない会話が声の力で成立する。

かなり以前、出張で移動中に急いでいて駅の階段から転がり落ちてしまったことがあった。恥ずかしい思いが先に立って、すぐに立ち上がったが膝から血が出ている。痛い！　行き交う人波は、何も見なかったように通り過ぎて行く。男性がたった一人、「大丈夫ですか」と声をかけてくれた。大丈夫なはずがない。それでも、心から心配して気遣ってくれた声に癒やされた。とっさに「大丈夫ですっ」と、大丈夫でない私は応えていた。

社交辞令のお陰で、世の中、とりあえず丸く収まって助けられている。確かに言葉には力がある。だが、胡散臭い一面もあって言葉だけに頼ってはいけない。その胡散臭い言葉に心の声が隠されていて、私たちは時に救われる。コミュニケーションは温かさの伝え合いだ。

先日、宮崎大学医学部二年生の実習事前講義の接遇を担当した。一年に一度、実習を前にして相手の視点に立ったコミュニケーション、接遇マナーの講義をする。

患者さんが、「頭が痛いんです」と訴えたら、すぐに、「いつから、どんなふうに」ではなく、「頭が痛いんですね。それは大変でしたね」と共感する。「それは大変でしたね」という声一つで、どれだけ深く受け止めてくれたかが分かる。共感は声に必ずにじみ出る。それが相手に伝わり受け入れられていると感じたとき、相手も安心して本音で語ってくれる。

だから学生には、「患者さんには、まず共感して心を開いてから、話を聴きましょう」と話している。声で患者さんの心を開くのだ。

先日、「ＡＩ診療支援二〇年度に実現。厚生労働省が報告」という新聞記事を目にした。「厚生労働省懇談会は二十七日、人工知能（ＡＩ）を利用した病気の診断や医薬品開発の支援を二〇二〇年度にも実現することを盛り込んだ報告書を公表した。……」（宮崎日日新聞　平成二十九年六月二十八日）

働き方改革が叫ばれる中、ロボットやＡＩの活用はますます大きくなると思われる。医療の現場も、また然りである。オックスフォード大学研究者の研究論文には、十～二十年後に電話による営業の仕事は九九パーセントの確立でコンピューターに取って代わられると予見されているそうだ。

もちろん、実用化するまでには時間はかかるであろう。曖昧な言葉を処理したり相手の気持ちを察して共感したりする能力は、まだ人間のほうが優れている。耳をそば立てて人の話を聴く。それは人間にとって最も大切な感覚の一つと信じているが、それがロボットに取って代わられるのであろうか。そんな世の中は嫌だ。


宮崎中央郵便局で、ロボットのペッパー君にお目にかかる。

「僕とおしゃべりしませんか～」「無視しないでくださあ～い」「今、僕の隣空いてますよ～」などと、けな気にも頑張っている。それだけ頑張っているのに、誰かと会話をしている姿を目撃したことがない。気の毒で名のりを上げて声をかけようかと思うのだが、なかなか勇気が出ない。

というのも実は、別な場所でペッパー君としゃべろうとチャレンジしたことがあった。ペッパー君は、「風邪をひいていますか」と私の声を認識。「こんな声なんです」と返答したのだが無視されて、「システムがよく分かっていないようですね」と、変わらぬ声でさらりと言われてしまった。えっ、私が悪いの。心地よい会話にはならなかった。まだ、あまりしゃべる人もいなくてデータがなく、学習機能が働いていないのか、私の気持ちにピタッと合う言葉が返ってこない。きっと何十年か先には上手なコミュニケーションがとれるかもしれないが、こんな体験があるので敬遠してしまった。

「知識は語り、知恵は傾聴する」と言われるが、ロボットやＡＩに傾聴が必要な仕事まで奪われたくない。ロボットやＡＩが大手を振って世の中を歩き回る前に、私たちはコミュニケーションの基礎力を高め、人間力を養っていくことが急務だ。まだ、時間はある！

# 渡辺綱纜



## 思い出の人、あの人、この人

### 笹沢左保さんのこと

宮崎の観光資料収集で知られるオードリーハウスの土持孝博さんが、「珍しい本を見つけました」と、届けてくださったのが、笹沢左保の推理小説『突然の明日』である。もうすっかり忘れていたが、なつかしい本である。実はこの小説のモデルで、私が登場しているのだ。

昭和三十八（一九六三）年の三月から九月まで、「週刊朝日」に連載された長篇だが、評論家の武蔵野次郎氏に言わしめれば、〝数多くの笹沢作品の中においても、記念碑的作品〟だという。

その長篇小説の中に、私が最初から最後まで出てくる。しかも実名で。

……「渡辺です。よく、いらっしゃいました」宮崎交通の企画課長は、涼子に名刺を差し出した。観光地では遠来の客に、よくいらっしゃいました、という言葉を挨拶に使うのである。……

そういう書き出しで始まるのだが、えびの高原に行く途中の私の言葉も、そのまま小説になっている。

……「珍しい滝でしょう。七折の滝と、去年の秋に命名したのですよ」渡辺が振向いて、満足そうにうなずいてみせた。……

実は、七折の滝は私が命名した。宮崎観光の父、岩切章太郎翁が気にいって、すぐ標柱を立てていただいた、思い出の滝である。

それにしても、渡辺といい、宮崎交通といい、企画課長といい、泊まった宮崎新観光ホテルまで、天下の週刊朝日の小説に、堂々と実名で記載されている。前代未聞のことである。

笹沢左保さんが取材に来宮した時、半月あまり、私が、朝から夜までお世話をした。それだけのことであるが、やさしくて、思いやりの深い笹沢左保さんは、実名を出すことで、それに応えてくれたのである。

笹沢さんとは、亡くなるまで交流した。奥様と息子さんを寄越した時には、いっしょに水着バスに乗って、青島に海水浴にも行った。家族ぐるみの〝オツキアイ〟だった。

実は、小説での私の役割は、殺人犯の親友だった。犯人が逃亡して宮崎に私を訪ねてきたのである。このことは、本当は書きたくなかったのだが。

## 森繁久彌さんのこと

「やあ、岩切章太郎さんに会いに来ました」。自家用の大型豪華ヨットから下船してきた船長の制服姿も凛々しい森繁久彌さんは、両手を広げて握手を求めた。もう着くか、もう着くかと、六時間以上も待たされた迎えの私は、その一言で疲れも吹き飛んだ。

宮崎まで、車の中で森繁さんは、おしゃべりで夢中だった。世界中で一番楽しい人だと、私は思った。

## 團伊玖磨さんのこと

小林市文化連盟の渡辺布美子会長から、「古本屋で見つけましたので」と、一冊の本が送られてきた。

團伊玖磨さんの名著『ひねもすパイプのけむり』（朝日文庫）である。

團伊玖磨さんとは、若い頃、東京や宮崎で何度かお会いしていた。名エッセイストの作品である「パイプのけむり」のシリーズも、第一巻から第十六巻まで、パラパラとではあるが、時々読んでいた。しかし、最後の出版だった第十七巻の『ひねもすパイプのけむり』だけは、読んでいなかった。

その一節を紹介すると。

……タクシーの中で、「前に来た時には、宮崎交通の岩切章太郎さんが未だお元気で、観光課長の渡辺綱纜《つなとも》さんという若い方と一緒に方々を歩きました。渡辺さんが懐かしいなあ、電話したいなあ、お元気かなあ」

と僕が言った。

「渡辺専務さんはお元気ですよ」

と突然声がした。運転手さんだった。

「渡辺専務は宮交シティに居られます。電話をなされば居られるでしょう」

運転手さんは続けた。乗っていたタクシーは宮崎交通のタクシーだった。……

團さんは、延岡市の文化講演に招かれて来宮したのだが、私が会ったのは宮崎空港だった。見送りに行ったのである。

……「どうして、この便に乗るのが判りましたか」と僕が訊いた。

「調べて判ったので」

と彼は言った。考えてみれば、彼は交通の専門家である。

渡辺さんの顔からは、お互いに若かった日が立ち昇ってきた。十九年前、僕は渡辺さんと歩き回りながら、「都井岬の歌」を作曲した。

「あの歌が懐しくてね。よく歌うんですよ」

と渡辺さんは遠くを見るような目付きをして言った。僕の心の中で、自分でも気に入っているその歌の旋律が鳴った。

渡辺さんから頂いた椎茸の函を抱えて、僕は見送りの人に挨拶をした。……

團さんは何処で何々をしました、そういう小学生のような文章が、急に書きたくなった。そして、「飛行機の上で、この文章を書き始めた」と、結んであった。

## 三国連太郎さんのこと

戦後間もなく、江平町の我が家の前を、毎朝、和服の着流しを着て、下駄ばきで、大きなシェパードの犬を連れて散歩する、堂々たる体格の男の人がいた。

ある朝、道路の掃除をしていると、その男の人がやって来た。「スミマセン」と、道をあけると、「ハイ、ごめんよ」と、にっこり笑ってふり返った。なかなかの美男子だった。

ある時、中学、高校時代の仲よしだった近所の大西啓蔵君がそばにいたので尋ねると、「ウチの親戚」だという。いま、離れの家に住んでいるが、宮崎交通に勤めていると話した。大阪大学工学部出身のインテリで、佐藤政男さんという名前だった。

三国さんが映画俳優で有名になって、ある雑誌のインタビューで、次のように語っているのを読んだ。

……就職は、地元の宮崎交通にしたんですが（中略）、僕の友達で大阪大学の出身者がいたものですから、生きてるのか死んでるのか分からないけど、彼の学歴をそのままおかりして、ご免なさいで就職したわけです。それがばれてしまい、女房の実家（大西家）からも愛想をつかされまして、宮崎にいられなくなって、女房を連れて逃げ出したということです。……

その三国連太郎さんで、ぜひ紹介したいのは、平成十七（二〇〇五）年八月二十四日と、二十五日に連載された宮崎日日新聞の〝「釣りバカ日誌」と岩切イズム〟の記事である。

文化部次長だった外前田孝記者の特ダネで話題になったが、三国さんが「釣りバカ日誌16」映画公開を前に、佐世保ロケの現場で記者会見をした時、〝この映画のスーさん（鈴木建設社長の鈴木一之助）のモデルは、宮崎交通の創業者岩切章太郎翁である。〟と、発表した。

三国連太郎さんは、いつも、岩切翁の面影を思い浮かべながら、スーさんを演じた。

そして、「今の企業に欠けているのは、経営者の哲学ではないか」と、話を結んだ。

新聞には、岩切章太郎翁と三国連太郎さんが、笑顔で向かいあっている写真（合成）があったが、見れば見るほど、二人の顔が似ているのが、強烈な印象だった。

## 中村地平さんのこと

「ところで、原稿料はあるの」と、中村地平氏は真顔で言った。

「原稿料？？」

「そうだよ。原稿料だよ」

「いいえ、そんなものはありません」

「ああ、そうだろうね。いや、作家はね、原稿料で生活してるんだ。だから、原稿を頼まれた時は、まずそのことを聞くのが習慣でね」

そう言って、地平氏は、はじめて愉快そうに笑った。

中学生新聞の記者である私たちは、きょとんとしていた。

終戦直後、昭和二十二年の頃の話である。

その頃、私たちは旧制の宮崎中学で、「望洋新聞」という学校新聞を発行していた。編集長が四年生の私、副編集長が三年生の原田解君だった。

その「望洋新聞」の文化欄に、大先輩の作家である中村地平氏に寄稿してもらおうと、新聞部員数名で、どやどやと先生の所を訪問した時のことである。

「しかし、せっかく来たのだから、そうだね、これから僕が話すことを筆記しなさい。それだったら原稿料も要らないだろう」

世間知らずで、先輩だから当然原稿はタダでもらえると思いこんでいた私たちは、すっかり恥ずかしくなった。言葉使いも、ずいぶん失礼だったのだろう。それをたしなめるような地平氏の静かな言葉だった。

「……である、そこでマル。行をかえて、……で、そこでテン」というようなたいへん親切な言い方で、地平氏はゆっくりと、地方と文学について語った。

終わってから読み上げると、それはすばらしい珠玉のエッセイになっていた。

この話も、いまは遠い思い出となった。

しかし、私たちは、中村地平氏から、作家の姿勢について、人間の生活態度について、何か大きな、大きなことを学んだという実感があった。走り書きのメモ帳を大事にポケットにしまいこんで、自転車を飛ばして学校に帰った、あの時のさわやかな印象は、いまも鮮明に、強烈に、忘れることはできない。

それから、間もなくして、私たちは、市内の中学生や女学生の文学愛好者で、「彗星クラブ」というのを組織し、ガリ版刷りの同人誌「彗星」を何号か発行した。

同人の中に、日高安壮氏の長女都《みやこ》さんがおられて、時々童話を寄稿していただいたが、雑誌が出来上がると、中村地平氏に届けて、その批評を伝えてくださるのがたのしみだった。

相手が都さんだったせいか、地平氏の批評は、いつもやさしかった。

焼けあとの町を、空腹ながら、それでも心は充たされて、胸いっぱい空気を吸い込んで歩きまわった、あの頃が、少年の日が、本当になつかしい。

そして、中村地平氏のあの包みこむような温顔がなつかしい。


〈結びに〉


これまで、永六輔さんをはじめ、浅利慶太さん、檀一雄さん、石井好子さん、服部良一さんなどの思い出を、作品集には書かせていただいたが、まだまだ「思い出の人」はたくさんいる。その中から、五人を選んだのが、今度のエッセイである。

最後の中村地平さんの思い出で、お断りしておきたいのは、エッセイスト・クラブの作品は、未発表が原則であるが、中村地平さんのことだけは、実は昭和五十八年だったと思うが、

第十回の地平忌に皆でお供えした「おもいで」に書いたものを、そのまま追加した。

「おもいで」は、海音寺潮五郎、古谷綱武、庄野潤三、日高安壮、田村忠雄、増田吉郎、富松昇、日高久一、森永国男、森三枝、黒木淳吉、渡辺綱纜、城雪穂、黒木清次、長嶺宏の十五人（書いた順番）の文章が綴ってあるが、いま生き残っているのは、私一人だけではないかと思う。そういうことで、編集部のお許しを得て、当時のまま収録したことを切に御理解いただきたいと思う。合掌。

追悼の記

# 恩返し——田中薫先生を送る——

福田　稔

平成二十九年七月二十日、田中薫先生がお亡くなりになった。余りにも突然の訃報に私はただ驚くばかりであった。みやざきエッセイスト・クラブの誰もが同じ思いであっただろう。昭和十六（一九四一）年三月十四日、埼玉県浦和市（現在のさいたま市）のお生まれなので、七十六歳ということになる。

先生にはみやざきエッセイスト・クラブと職場（宮崎公立大学）で大変お世話になった。ただ、その恩返しとして、何も気の利いたことができていないことに気づき、私は今、大変後悔している。

みやざきエッセイスト・クラブでは作品集の編集長を先生から引き継ぎ、四年間編集に携わった。大学ではこの四月から、かつて先生が務められた附属図書館長となった。これから私にできることは何だろう。頭に浮かぶのは、先生のご遺志を引き継ぐこと。まず、先生と同じく、文章を書くことに真摯な態度で臨むこと。そして、先生が愛された宮崎を愛し続けること。

ああ、ただ一つ、先生のためにできたことがあった。

平成十八年三月に大学を定年退職されたとき（赴任は平成七年四月）、私は教職員親睦会の幹事であった。そして、退職される先生のために、最終講義を企画して開催したのである（これ以後、大学では最終講義は一度も開かれていない）。

そのとき配布された資料『田中薫：40年間の仕事』という、約三十頁の冊子が私の手元にある。略歴に始まり、研究教育、それに学会社会活動、講演、著作物の紹介など、昭和四十（一九六五）年に図書出版二玄社に入社されてから四十年にわたる業績がまとめられている。

「この分量の業績がある研究者はなかなかいませんよ」

そうお話しすると、先生は笑顔で、

「そう。だからまとめてみたんだよ」

とお答えになった。私はそのとき、学究一筋の研究者が中心の大学に対する静かな挑戦状を準備されていたのだと感じた。

先生が築かれた出版文化論は大学に根ざしている。先生が整備推進アドバイザーとして貢献されたみやざきアートセンターは、この夏の忍者の企画も大盛況である。そして、今年もこの作品集を出すことができた。

さいたま市に帰郷されてからは、図書館友の会会長や図書館協議会委員長を務めておいでだったと聞く。本を愛された人生であった。

先生の作品を読み直していると、「しあわせの恩返し」の最後の文章が胸に響く。


振り返ってみると、いつも肝心なところで人との良い出会いと強い縁が感じられる。

〈……〉こうした多くの人たちへの、しあわせの恩返しは、これから自分の後輩たちに対して、積極的にして行きたい。ということで、わが人生を彩りの濃いものにしてくれたすべてに対して、今、あらためてお礼を言いたい。


私は目を閉じて、心の中の田中薫先生に何度も語りかける。

「私の方こそ先生との出会いに感謝しています。先生とのご縁をこれからも大切にして参りますので、どうぞご安心ください」と。

【執筆者プロフィール】

伊野啓三郎　一九二九年、旧朝鮮仁川府生。広告会社役員。ＭＲＴラジオ「アンクルマイクとナンシーさん」パーソナリティとして活躍中。日本エッセイストクラブ会員。

岩田　英男　昭和二十七年生まれ。高等学校公民科教諭、宮崎県教育委員会主事・主査、教頭、校長として高校教育及び教育行政に携わる。現在、独立行政法人嘱託。

興梠マリア　アメリカ出身。英語講師・異文化紹介コーディネーター。俳句結社「海程」「流域」所属。「宮崎県文化年鑑」編集委員。日本ペンクラブ会員。

須河　信子　昭和二十八年、富山県井波町（現南砺市）生。昭和五十二年より宮崎市に在住。大阪文学学校にて小野十三郎・福中都生子に現代詩を師事。

鈴木　　直　一九七三年、福岡県小倉生。明治大学卒業。サッカー一筋二十年、体育会系から文化会系へ華麗なる（?）転身を遂げる。現在では自転車や読書、座禅を嗜む。

鈴木　康之　一九三四年宮崎市生。大宮高、京都大（法）卒。一九五八年旭化成㈱入社、退職後、帰郷。現代俳句協会員、「海程」「流域」同人。著書に『デモ・シカ俳句』『芋幹木刀』。

竹尾　康男　昭和八年生。耳鼻科開業医。信大医卒。東大大学院卒。二科会写真部会員。宮日美展無鑑査。写真集『視点・心点』（宮日出版文化賞受賞）。叙勲（瑞宝双光章）受章。

谷口　二郎　東京医科大学卒。産婦人科医。宮崎大学医学部看護学科臨床教授。昭和六十年、宮崎市内で開業。一万人以上の赤ちゃんを取り上げる。『男がお産をする日』など著書多数。

戸田　淳子　昭和五十七年より俳句結社「雲母」「白露」で俳句を学ぶ。現在日本エッセイスト・クラブ会員。毎日新聞「はがき随筆」選者。みやざきエッセイスト・クラブ編集長。

中村　浩　一九三二年生。宮崎県新富町上新田出身。フェニックス国際観光㈱を二〇〇〇年に退任。著書にエッセイ集『風《かぜ》光る』（一九九二年）、『光《ひか》る海』（二〇〇二年）。

野田　一穂　鹿児島市出身。東京女子大学文理学部英米文学科卒業。読み聞かせボランティア情報交換研鑽会「まほうのつえ」・語りを楽しむ会「語りんぼ」代表。俳句結社「暖・河」会員。

福田　稔　熊本県球磨郡錦町生。帝塚山学院大学（大阪府）を経て、平成十四年より宮崎公立大学で教える。専門は英語学・理論言語学。みやざきエッセイスト・クラブ副会長。

丸山　康幸　一九五二年東京生。神奈川県茅ヶ崎市在住。愛読書は東海林さだお、アラン・シリトー、ロバート・キャパ、永井荷風、リチャード・ボード。

宮崎　良子　一九五八年、宮崎大宮高等学校卒業。同年㈱ＭＲＴ宮崎放送入社、一九九七年同社定年退職。「宮崎県文化年鑑」編集委員。「みやざき文学賞」運営委員。

森　和風　西都市出身・書作家。金子鷗亭に師事。一九六二年「森和風書道会」設立。半世紀にわたり国際文化交流に尽力。二〇〇〇年、第51回宮崎県文化賞受賞。日本ペンクラブ会員。

森本雍子　旧満州国生。宮崎市役所、㈱宮交シティ勤務。現在、宮崎県芸術文化協会監事。みやざきエッセイスト・クラブ当初からの会員。日本エッセイストクラブ会員。

柚木﨑敏　国富町出身。小中高校教員で、県内各地を転勤後、宮崎市教育委員会等に勤務。好奇心旺盛、本会当初からの会員。卒寿間近、はなはだ耄碌。

夢　人　（本名　大山博司）一九六三年、長崎市生。鹿児島大学大学院（医）卒業。脳神経・精神を専門に開業。本業、趣味とも好奇心旺盛な、マルチな万年青年を目指す。

米岡光子　宮崎市在住。短大・専門学校の非常勤講師（秘書実務）、接遇研修の講師を務める。MRTラジオ「フレッシュAM！　もぎたてラジオ」（毎週木曜日）マナー相談のコーナー担当。

渡辺綱纜　宮崎交通に四十六年間勤務。退職後、宮崎産業経営大学経済学部教授。現在は客員教授。自由人になったが、名刺が必要になり作成した。「岩切イズム語り部《べ》」。

# あとがき

戸田　淳子

みやざきエッセイスト・クラブの作品集22をお届けいたします。

今回は伊野啓三郎会員をはじめ二十名の方々の作品を掲載しております。

今年の夏は暑さが厳しく、西日本は長い期間熱波に覆われました。しかし東日本は長雨と冷夏で農作物の生育にも影響が出ているようです。

科学技術がこんなにも発達し、多くの分野でＡＩ化が進んでいるのに、自然の巡りは太古の時代から変わらず、一旦災害が起これば人間は全くなすすべがありません。

今年も多くの地域で大きな被害がでて胸が痛みました。

そんな季節の中で会員の中には体調を崩された方もおられ心配しましたが、無事に全会員の作品を掲載することができたことは嬉しい限りです。

会員の動向ですが岩尾アヤ子さんが退会され、岩田英男さんが入会されました。

また本誌の編集長を務められた田中薫さんが七月に永眠されました。ご冥福をお祈りいたします。

なおカバー絵は彫刻家奥村羊一さんの「山の勇者　海の勇者」、前扉は「銀河旅行」です。

この作品集が皆様のお手許に届く頃は爽やかないい季節になっていることでしょう。

秋の夜長にこの小誌を楽しんでいただければ会員一同望外のよろこびです。

編集委員会

岩田英男
興梠マリア
須河信子
戸田淳子
福田稔
宮崎良子
森本雍子

# 見果てぬ夢

みやざきエッセイスト・クラブ 作品集22

印　刷　二〇一七年十月二十八日
発　行　二〇一七年十一月九日

編集・発行　みやざきエッセイスト・クラブ ©
事務局　宮崎市中村東二―五―二二　戸田方
ＴＥＬ　〇九〇―八一〇九―六二五九

印刷・製本　有限会社　鉱　脈　社
宮崎市田代町二六三
ＴＥＬ　〇九八五―二五―一七五八

# 作品集　バックナンバー

| | | | | |
|---|---|---|---|---|
| 1 | ノーネクタイ | 一九九六年 | 一三四頁 | 八七四円 |
| 2 | 猫の味見 | 一九九七年 | 一八六頁 | 一二〇〇円 |
| 3 | 風の手枕 | 一九九八年 | 三二〇頁 | 一五〇〇円 |
| 4 | 赤トンボの微笑 | 一九九九年 | 一六二頁 | 一二〇〇円 |
| 5 | 案山子のコーラス | 二〇〇〇年 | 一六四頁 | 一二〇〇円 |
| 6 | 風のシルエット | 二〇〇一年 | 一四六頁 | 一二〇〇円 |
| 7 | 月夜のマント | 二〇〇二年 | 一五四頁 | 一二〇〇円 |
| 8 | 時のうつし絵 | 二〇〇三年 | 一八六頁 | 一二〇〇円 |
| 9 | 夢のかたち | 二〇〇四年 | 一八四頁 | 一二〇〇円 |
| 10 | 河童のくしゃみ | 二〇〇五年 | 一八八頁 | 一二〇〇円 |
| 11 | アンパンの唄 | 二〇〇六年 | 二〇八頁 | 一二〇〇円 |

# みやざきエッセイスト・クラブ

| | | | | |
|---|---|---|---|---|
| 12 | クレオパトラの涙 | 二〇〇七年 | 一八四頁 | 一二〇〇円 |
| 13 | カタツムリのおみまい | 二〇〇八年 | 一七二頁 | 一二〇〇円 |
| 14 | エッセイの神様 | 二〇〇九年 | 一五六頁 | 一二〇〇円 |
| 15 | さよならは云わない | 二〇一〇年 | 一五六頁 | 一二〇〇円 |
| 16 | フェニックスよ永遠に | 二〇一一年 | 一六四頁 | 一二〇〇円 |
| 17 | 雲の上の散歩 | 二〇一二年 | 一六〇頁 | 一二〇〇円 |
| 18 | 真夏の夜に見る夢は | 二〇一三年 | 一七二頁 | 一二〇〇円 |
| 19 | 心のメモ帳 | 二〇一四年 | 一八八頁 | 一二〇〇円 |
| 20 | 夢のカケ・ラ | 二〇一五年 | 二一六頁 | 一二〇〇円 |
| 21 | ひなたの国 | 二〇一六年 | 一九六頁 | 一二〇〇円 |
| 22 | 見果てぬ夢 | 二〇一七年 | 一九二頁 | 一二〇〇円 |

（いずれも税別です）